Der Apfel des Todes
Die letzte Chance der Menschheit

Engelbert Gottschalk

AF237333

Engelbert Gottschalk

Der Apfel des Todes
Die letzte Chance der Menschheit

Endzeitnovelle

Impressum

Bibliografische Information der Deutschen Nationalbibliothek:
Die Deutsche Nationalbibliothek verzeichnet diese Publikation in der Deutschen Nationalbibliografie; detaillierte bibliografische Daten sind im Internet über http://dnb.dnb.de abrufbar.

© 2020 Engelbert Gottschalk

Lektorat: Gertrud Dupré-Höffken

Herstellung und Verlag: BoD – Books on Demand, Norderstedt

ISBN: 978-3-751906135

Inhaltsverzeichnis

Über den Wolken

Der Comandante drehte eine Rechtskurve und glitt wie ein Raubvogel über die Landschaft, die im Nebel versank.

Er zog den Steuerknüppel zu sich heran, um der gigantischen Wolkenfront auszuweichen, die ihm die Aussicht versperrte.

Ich genieße den Untergang der menschlichen Spezies, dachte er und beobachtete jede Veränderung, die sich auf der Erdoberfläche abspielte.

Sein Elektroflugzeug mit der spitzen geneigten Schnauze, den V-förmigen Heckflügeln sowie dem unten abgeflachten Rumpf sah aus wie eine Kanadagans kurz vor der Landung auf der Wiese des Sommerquartiers.

Der Wind trug den Jet nach Osten, nach Lhasa und der Tibet-Bahn, der höchsten Eisenbahnstrecke der Welt.

Das Datum 08.08.2028 leuchtete auf der digitalen Plattform der Instrumententafel auf, jener Tag, den unzählige Hochzeitspaare aus den USA vor Monaten auserkoren hatten, um sich das Ja-Wort zu geben.

Schnell erlangten die Honeymoons mit ihren Gästen die Einsicht, dass sich der vermeintliche Glückstag ins Gegenteil verkehrte.

Am Nachmittag quollen die sozialen Netzwerke über vor Blocks und Meldungen, die die Panik befeuerten.

Die großen Nachrichtensender richteten Krisenstäbe ein, die pausenlos über die Vorgänge in North Dakota berichteten.

Zum Entsetzen der Weltöffentlichkeit hatten dort Fracking-Bohrungen eine Kette von Tiefenbeben ausgelöst, die zu einem Riss in der Erdkruste und dem Erdmantel führten.

Giftige Gase aus dem Innern der Erde strömten mit rasender Geschwindigkeit an die Oberfläche.

Sie sammelten sich in einer Wolke, die sich horizontal und vertikal über den gesamten nordamerikanischen Kontinent ausbreitete.

Videoclips von US-Militärflugzeugen dokumentierten einen 300 Meter breiten Riss in der Erde, der sich im Norden von North Dakota bis zur Hudson Bay entlang zog. In südlicher Richtung verlief die tektonische Verwerfung über den mittleren Westen, den Südstatten und Mittelamerika bis nach Südamerika, wo der gesamte Teilkontinent auseinanderdriftete.

Beim Versuch, mit ihren Karossen die Flucht zu ergreifen, gerieten unzählige Party-Gäste in endlose Verkehrsstaus oder Massenansammlungen, wo sie von in Panik geratenen Menschen zu Tode getrampelt wurden.

Nur wenigen gelang es, Hochhäuser, Schiffe oder Flughäfen zu erstürmen, um sich mit Menschen aus allen Bundesstaaten des Landes vermeintlich in Sicherheit zu bringen.

Es nützte ihnen nichts – die Giftwolke breitete sich wie ein Lauffeuer auf dem gesamten Erdball aus und stieg unaufhaltsam in die Höhe, schwappte über Städte, Ozeane und Berge.

Niemand ahnte, dass der Weltuntergang, der von Nostradamus im 16. Jahrhundert vorausgesagt worden war, ausgerechnet an diesem Tag seinen Anfang nahm.

In überfüllten Passagiermaschinen kreisten die letzten Überlebenden der Katastrophe am Himmel, während auf der Erde alles Leben verlöschte.

Doch die Piloten fanden nirgends Landebahnen und trudelten mit leeren Tanks durch die Luft, bis die Jets ins Meer stürzten oder gegen schroffe Felswände prallten.

Der Comandante kicherte in sich hinein und hielt Ausschau nach Hochgebirgsregionen, zu denen die Wolke noch nicht vorgedrungen war.

Wenn es auf der Erde Reste menschlichen Lebens gibt, dann auf dem Dach der Welt, dachte er und schwebte zum Hochland im Westen der chinesischen Provinz Tibet, die 4.500 Meter über dem Meeresspiegel thront.

Es dauerte nicht lange, bis die Wolkenfront mit ihren grünen Blitzen auch dieses Gebiet flutete.

Der Flieger glitt vorbei an Schneebergen, die sich als letzte Bastion des blauen Planeten dem Untergang entgegenstemmten.

Der Nebel schob sich über die 4.800 Meter Marke, verstreute Siedlungen, Klöster, Nomadenzelte zerbröselten, wie die Länder am Persischen Golf, die vor fünf Jahren durch Atomschläge vernichtet worden waren.

Ein merkwürdiges Flimmern am Boden erregte die Aufmerksamkeit des Piloten.

Er neigte den Oberkörper nach vorn und äugte aus dem Cockpit.

Was, zum Teufel, geht da unten vor?

Unter ihm erstreckte sich eine ausgetrocknete Hochfläche, aus der ein über 7.000 Meter hoher Gletscher herausragte.

Er reduzierte die Flughöhe und schwebte auf die Erscheinung zu.

Beim Sinkflug erkannte er, worum es sich handelte: Vier vermummte Gestalten, davon eine in grellbunter modischer Outdoor-Kleidung, sowie ein strubbeliges vierbeiniges Wesen schickten sich an, die Flanke des Bergs hinaufzuklettern.

Denen werde ich es zeigen!

Der Comandante ballte die rechte Hand zur Faust und bereitete die Landung vor.

Karo La-Hochpass, nördlicher Himalaya, 5.036 Meter

Der Pass vor dem Gletscher strahlte die Ruhe von Fremdenverkehrsorten während der Coronavirus-Epidemie im Jahr 2020 aus.

Lediglich eine Schar Geier auf einem abgestorbenen Baum glucksten und warteten auf die passende Gelegenheit, ihren Hunger zu stillen.

Mit Bussen oder Jeeps hatten die letzten Tagestouristen den Versuch unternommen, sich in tieferen Gebieten in Sicherheit zu bringen.

Sie kamen nicht weit – niemand überlebte das Gemisch toxischer Gase aus dem Inneren der Erde.

Bunte Gebetsfahnen flatterten im Wind, ein strahlend weißer Stupa mit gewölbtem goldenem Dach trotzte den Naturgeistern.

Oberhalb der Straße krochen vier Menschen einen Hang hinauf, der an den Flanken von Gerölllawinen überzogen war.

Sie stritten über die Frage, ob es nicht besser gewesen wäre, mit den übrigen Teilnehmern der Tibet-Rundreise durch die Wolkenfront ins Tal zu flüchten, zumal sich Linda um ihre Mutter Marina sorgte, der die Höhenluft gesundheitliche Probleme bereitete.

Liang, der chinesische Leiter der deutschen Reisegruppe, trippelte mit den Füßen auf der Stelle und fütterte sein Smartphone mit Zahlenkolonnen, doch in dieser abgelegenen Gegend gab es weder ein Telefonnetz noch eine Internetverbindung.

Er befürchtete, seine Stellung als Fremdenführer zu verlieren, denn die staatlichen Behörden entzogen Landsleuten, die ausländische Touristen in Gefahr brachten, die Lizenz.

Das breite Gesicht, die kurzen schwarzen Haare und die untersetzte Figur verliehen dem Enddreißiger das typische Erscheinungsbild eines gebildeten Han Chinesen, wobei die dunkle Hornbrille das seriöse Aussehen unterstrich.

»Der Busfahrer trägt die Verantwortung für unser Missgeschick«, sagte Liang und griff sich an die Drosselgrube. »Er ist in Panik geraten und ohne uns losgebraust. Vermutlich ist ihm nicht einmal aufgefallen, dass vier Personen fehlen.«

»Vier Menschen und ein Hund«, korrigierte ihn Alexandra, 62-jährige Frühpensionärin aus Düsseldorf, die nach dem Tod ihres Ehemanns um die Welt jettete.

Mit stoppeligen grauen Haaren, satten 40 Kilogramm Übergewicht und rotem, um die Schulter geworfenen Umhang sah sie älter aus, eher wie eine Frau Anfang siebzig.

Der Mischlingsrüde jaulte vor Freude, als sie sein pechschwarzes Fell streichelte.

Sie hatte den Hund in einem Klosterhof mit einem Fleischwurstring aus Deutschland versorgt.

Es war ihr ein Herzensanliegen, sich um das Tier zu kümmern, zumal ihr eigener Hund kurz vor der Pensionierung von einem Geländewagen überrollt worden war.

Lucky, der vor dem Klosterasyl von zwei Trunkenbolden beinah zu Tode geprügelt wurde, genoss die Zuneigung und wich nicht von ihrer Seite. Obwohl er seit der Attacke leicht humpelte, liebte er es, herumzutollen oder zu spielen.

»Ich bin mir sicher, dass Hilfstrupps unterwegs sind, um uns vom Pass runter zu holen und nach Lhasa zu befördern«, beruhigte Liang die Damen.

Hinter ihm erhob sich der Gletscher majestätisch in den Himmel, eine Symphonie aus blauweiß, die in der Sonne glitzerte.

Der Chinese lachte, doch es klang eher wie das Krächzen eines Rabenvogels.

Er hasste Tibet mit den Scharen religiöser Pilger, den Tempeln und Klöstern, bekam bei jeder Reise Probleme, den Körper an die Höhenluft zu gewöhnen. Er lebte in Suzhou, eine für chinesische Verhältnisse kleine Stadt von rund einer Millionen Einwohner im Großraum Schanghai.

Jedes Mal nach der Landung in Lhasa, der Hauptstadt der Hochgebirgsregion, litt er unter Kopfschmerzen, lag in den Nächten wach und sehnte das Ende der Tour herbei.

Seine Frau erwartete in den kommenden Tagen ihr erstes Baby.

Liang hatte ihr versprochen, nach der Geburt des Kindes die staatliche Tourismusbehörde zu ersuchen, ihn anstelle der Tibet-Rundreise für ein anderes Programm einzuteilen.

Marina begab sich in die Hockstellung.

Das Atmen fiel schwer, als würde die Luft nicht in die Lunge gelangen, ihre Beine zitterten wie Grashalme im Wind.

»Du hättest vor Antritt der Reise einen Arzt konsultieren müssen«, sagte der Chinese und fühlte ihren Puls.

Er schlug flach, unregelmäßig.

»Es gibt nichts, vor dem ich mich fürchte«, entgegnete die geschiedene Unternehmergattin.

Sie hustete, rau und hart, was der Tochter die Sorgenfalten auf die Stirn trieb.

Mit der Bemerkung spielte Marina auf ihre Erkrankung an.

Sie litt an Lungenkrebs im Endstadium und nahm täglich Opioide gegen die Schmerzen ein.

Das Dach der Welt zu erleben war ihr Kindheitstraum, den sie jetzt mit Leben füllte.

Linda war es nicht gelungen, ihre Mutter die Reise auszureden, zumal sie den Schweregrad der Erkrankung vor der Abreise verheimlicht hatte.

»Tibet sehen und sterben? Ist es das, wonach sich dein Herz sehnt?«, fragte Linda, die sich durch ihre grellbunte Outdoor-Kleidung sowie der dick aufgetragenen Schminke von den anderen Damen der Reisegruppe abhob.

Unter dem blaugelb gestreiften Anorak trug sie einen von ihr in Berlin entworfenen knallroten Designerpullover, wobei ein Seidenschal mit Blumenmuster ihre Extravaganz betonte.

Marina antwortete nicht, sondern bewunderte stattdessen den Gletscher, der ihr die Erhabenheit der Natur zu Füßen legte.

»Schau doch, dort unten vor der Passstraße! Das ist ein Flugzeug«, jubilierte Alexandra und äugte mit ihrem mondförmigen Gesicht in den Himmel, dessen Licht den Augen schmerzte.

Liang sprang auf und trat Lucky, wie die Pensionärin den Rüden nannte, aus Versehen auf den Schwanz.

Der Hund jaulte und versteckte sich hinter einen Felsbrocken.

»Das sind Rettungskräfte aus der Hauptstadt«, behauptete der Chinese und verhalf der Endfünfzigerin dazu, sich aufzurichten.

Sie machte sich schwer, wäre am liebsten liegengeblieben.

»Bei deiner Atemnot gehörst du ins Krankenhaus«, schimpfte er.

»Mach dir keine Sorgen, mich schreckt der Tod nicht. Seitdem ich dem Himmel so nah bin, fühle ich seine Aura. Sie ist sanft und leicht wie eine Daunenfeder.«

»Blödsinn! Gib mir bitte sofort deine linke Hand.«

Der Chinese zog die Wollmütze tief in sein kantiges Gesicht und stieg mit ihr den Hang herunter.

Die zwei anderen Damen folgten ihnen schweigend.

Der Rüde blieb stehen und nahm Witterung auf.

Er heftete die Blicke an das Flugzeug, das wie ein Gespenst vom Himmel zur Erde schwebte.

Seine Körperhaltung dokumentierte, dass er kurz vor dem Reißaus stand.

Die Gruppe erreichte die Passhöhe, wo das Flugzeug auf einer mit Steinen übersäten Fläche landete.

Räder wirbelten Staub auf, ein Windstoß nagte an der Außenhaut des Jets.

Kaum hörbar bremste er ab.

Eine gespenstige Stille folgte.

Der Pilot im Cockpit rührte sich nicht von der Stelle. Eine Lack-Schirmmütze, deren Krempe bis zur Nasenspitze reichte, bedeckte weite Teile des Gesichts.

Zudem verbarg er die Augen hinter einer dunklen Sonnenbrille, die ihm das Aussehen eines Mafioso aus dem Mittelmeerraum verlieh.

»Komisches Ding«, bemerkte Linda, die mit 28 Jahren jüngste Teilnehmerin der Reisegruppe. »Solch ein Flugobjekt habe ich noch nie gesehen.«

»Ich auch nicht«, zischte Liang, der sich mit Trippelschritten dem Jet näherte.

Wie von Geisterhand gesteuert öffnete sich die Einstiegstür am Heck.

Die Fahrgastbrücke fuhr herunter und setzte scheppernd auf dem Boden auf.

Es staubte wie in einer Kiesgrube im Hochsommer.

Wang schaute in das Cockpit, wo der Pilot, ohne eine Miene zu verziehen, die Bordelektronik überprüfte.

Der Chinese drehte sich um, winkte der Gruppe zu und rief: »Die Zeit drängt! In ein paar Minuten verschwindet die Passhöhe im Nebel. Es ist zu riskant, sich ihm auszusetzen. Nichts wie rein in die gute Stube.«

Unter Murren befolgte die Gruppe dem Rat des Reiseleiters und steuerte auf das Flugzeug zu.

»Wer fliegt die Maschine? Warum steigt der Pilot nicht aus, um uns zu begrüßen oder aufzuklären?«, fragte Linda und zog die Schultern hoch.

»Ist mir egal! Hauptsache weg von hier«, riet Alexandra und nahm Lucky auf den Arm.

Knurrend befreite sich der Hund aus der Umklammerung.

»Nanu! Hast du Flugangst?«

Die Düsseldorferin versuchte, ihn mit den Füßen voranzuschieben, doch er wich aus und lief zurück zum Hang.

»Er fürchtet sich davor, in den Jet einzusteigen. Wer garantiert uns eigentlich, dass wir nicht in eine Falle tappen«, sagte Linda.

Sie schmiegte sich an ihre Mutter an, die sich kaum auf den Beinen zu halten vermochte.

»Ach was! In einer Stunde ist Marina in ärztlicher Behandlung«, sagte der Reiseleiter, nahm die Unternehmergattin kurzerhand auf den Rücken, kletterte mit ihr die Brücke hoch und trug sie ins Innere des Flugzeugs.

Er wunderte sich über die massiven Türen und Innenwände, die das übliche Maß von Passagierflugzeugen bei Weitem überstieg.

In der letzten Reihe hockte ein junger tibetischer Mönch mit der typischen roten Robe sowie dem kahlrasierten Kopf.

Beim Eintritt der Passagiere erhob er sich vom Sitz und verbeugte sich.

Liang und Marina erwiderten den Gruß verhalten.

Mit den Füßen schob der Tibeter eine 50 cm x 50 cm große, mit goldenen Buddhafiguren verzierte Holztruhe unter den Sitz.

Er wiegte den Kopf und lächelte.

In seinen Augen konnte man lesen, dass ihm die Situation unangenehm war.

Gab es etwas, dass er vor der Reisegruppe verbarg?

Gehörte er zur Besatzung oder stand mit dem Piloten in Verbindung?

Zuletzt stiegen die beiden anderen Damen in die Kabine.

Es summte – die Fahrgastbrücke fuhr hinter ihnen hoch.

Hechelnd und mit den Zähnen klappernd stürmte Lucky heran, zog sich Stufe um Stufe hoch, um Schutz am Hosenbein der Düsseldorferin zu suchen.

Mit flauem Gefühl im Magen sahen Mensch und Tier der Reise ins Ungewisse entgegen.

Niemand ahnte, dass den meisten Passagieren der letzte Flug ihres Lebens bevorstand.

Mount Everest, Base Camp, 5.300 Meter

Lennard wischte sich mit der Hand kalten Schweiß von der Stirn und fühlte sich, als ob er in der Nacht eine Flasche Whiskey in sich hineingeschüttet hätte.

Alles drehte sich, im Kopf pochte es wie in einem Hammerwerk.

Der Boden unter seinen Füßen vibrierte wie ein Smartphone beim Eingang eines Telefonanrufs.

Zum ersten Mal im Leben lief er Gefahr, die Kontrolle über den Körper zu verlieren.

Er taumelte an Waschbecken mit zugefrorenen Wasserhähnen vorbei in das Zweibettzelt, rollte sich in den Schlafsack ein und dämmerte im Stil eines Fieberkranken auf der Intensivstation vor sich hin.

Stunden später schreckte er hoch.

Ein merkwürdiger Geschmack im Mund, der sich nicht herunterschlucken ließ, trieb ihm die Sorgenfalten auf die Stirn.

Unter Aufbietung aller Kraftreserven schaffte er es, zur Toilette zu torkeln, wo sein kompletter Mageninhalt landete.

Er fingerte nach dem Smartphone und warf einen Blick auf sein Schlafverhalten, das von der Sleep-Tracker-App aufgezeichnet worden war.

»Oh nein! Das darf doch nicht wahr sein.«

Beim Rückweg bemerkte der 24-jährige Student der Informatik, dass das gesamte Base Camp, bis auf eine Ausnahme, menschenleer war.

Steve, sein Vater, lehnte an einer Buddha-Statue aus grob behauenem Felsmaterial und befreite seinen Bart von Schneeflocken und Eispartikeln.

»Hey Guy, du hast es gründlich vermasselt! Die Gruppe ist ohne uns zum Gipfel hochgestiegen. Morgen früh erwarten wir sie zurück. Es wäre besser gewesen, dich im Computer-Café 60+ in Minneapolis zurückzulassen.«

»Wo sind… die Camp-Mitarbeiter?«

»Abgehauen! Gestern hat die meteorologische Station in Katmandu eine Wetterwarnung ausgegeben. Angeblich rollt eine mysteriöse Wolkenfront auf die Berge zu. Es gab irgendwo ein Erdbeben.«

Lennard riss sich zusammen und unterdrückte die Übelkeit, denn er wusste, dass sein Vater persönliche Schwächen verabscheute.

»Warum hast du mich nicht geweckt? Ich hätte nichts dagegen gehabt, mit dem Abstieg zu beginnen. Mich hat die Höhenkrankheit erwischt.«

»Ja, das ist mir nicht verborgen geblieben. Ich habe dich mehrfach angefleht, die Tabletten gegen Soroche einzunehmen, aber du wusstest es ja besser. Ich meine es doch nur gut mit dir, Junge.«

»Wirklich? Ist es nicht eher so, dass du in erster Linie an dich und den Berg gedacht hast?«

»Wäre ich dann im Camp geblieben, um auf dich aufzupassen? Ich habe dem Bergführer versprochen, hier auf die Gruppe zu warten. Übermorgen steigen wir gemeinsam zum Dorf Lobuche auf 4.900 Metern runter. Dort gibt es Steinhäuser, warme Duschen und grüne Äpfel.«

Lennards Gesichtszüge erstarrten.

Der Vater wusste, dass sich sein Sohn nach dieser Obstsorte verzehrte, besonders dann, wenn die Frucht erntefrisch und voller Saft vom Baum kam.

»Warum bist du so gemein zu mir? Äpfel gedeihen nicht im Hochgebirge. Ist es wegen Mutter?«

Der Student verschloss den Mund mit den Fingern der rechten Hand und schaute auf den Vater, der keine Miene verzog und mit seiner Fitnessuhr spielte. Mit kantigem Gesicht, kurz geschnittenen Haaren sowie der muskulösen Statur wirkte der 55-jährige Ranger aus Minnesota wie ein Boxer, der die besten Jahre hinter sich hatte.

Demgegenüber verkörperte Lennard den Prototyp des ewigen Studenten, zumal ihm die runde Nickelbrille sowie die schmächtige Figur einen intellektuellen Touch verlieh.

Die Trekkinghose, die am rechten Unterschenkel aufgerissen war, schlotterte um die Beine, denn seit der Ankunft in Nepal war sein Gewicht um acht Kilogramm gefallen.

Die roten Haare standen in alle Richtungen ab, strubbelig und strohig wie getrocknetes Gras.

»Ich will am Abend sehen, was ich tagsüber mit meiner Hände Arbeit geschaffen habe«, hatte der Vater wiederholt zum Sohn gesagt, der die Plackerei in der Landwirtschaft verabscheute.

Er zog das Stadtleben der Abgeschiedenheit der Ranger vor, deren Gedanken um Regenmengen pro Inch, Mais- oder Getreidepreise sowie die Anzahl der Nutztiere in den Ställen kreisten.

Lennard war seit frühester Kindheit emotional der Mutter zugewandt, eine sensible Opernsängerin aus New York City, die nach der Heirat ihren Beruf für die Familie hintangestellt hatte.

Doch seine Stärken lagen in einem Gebiet jenseits der Landwirtschaft und der Kultur.

Er gehörte zur Elite der Computerexperten an der Universität von Minneapolis.

Es bereitete ihm keine Mühe, sich in Netzwerke einzuloggen, die gemeinhin als unbezwingbar galten.

Der Softwareangriff auf das Pentagon war ihm zum Verhängnis geworden. Lennard war es gelungen, die Firewall zu durchbrechen und sich Zugang zu vertraulichen Informationen zu verschaffen. Die Computerexperten des Verteidigungsministeriums hatten die Schadsoftware erst nach Tagen in den Griff bekommen.

Seit einer Woche war das FBI hinter dem Hacker her. Die Bergtour zum Mount Everest bot ihm die Möglichkeit, die USA vor dem Zugriff als freier Mann zu verlassen. Er verschwieg dem Vater die polizeilichen Ermittlungen und suchte über diverse Webseiten im Internet nach Möglichkeiten, in technologisch fortgeschrittenen asiatischen Ländern ein neues Leben zu beginnen. Dass Lennards Mutter vor zwei Jahren auf mysteriöse Weise verstorben war, erleichterte die Entscheidung zur Emigration.

»Hast du auch bemerkt, dass der Boden heute Nacht gewackelt hat«?

»Nein, ich habe fest geschlafen. Verschon mich mit deinen Albträumen!«

»Es hat aber ordentlich gerumst! Unten im Tal zieht ein Gewitter auf.«

»Am Everest gibt es keine Erdbeben. Dreh dich lieber um und schau in den Himmel. Es schwebt etwas Merkwürdiges durch die Lüfte«.

Steve führte die rechte Hand an die Stirn und äugte in die Sonne.

Aus der Ferne kristallisierte sich ein Flugzeug heraus, erst langsam, zögerlich, bis es gradlinig und zielgerichtet auf das Camp zusteuerte.

Beim Landeanflug schossen die Blitze des herannahenden Gewitters wie Pfeile durch die Luft.

»Sie kommen uns holen! Der Flieger ist unsere Rettung«, sagte der Rotschopf.

»Träumer! Es ist unmöglich, auf dem Camp zu landen. Selbst für Helikopter sind die Flanken des Everest zu hoch.«

Der Pilot strafte dem Ranger Lüge.

Der Flieger schwebte über die Zelte, blieb in der Luft stehen und setzte wie eine fliegende Untertasse auf dem Boden auf.

»Wow! Das ist unglaublich. Spielt mir der Verstand einen Streich? Es sind sicher die Mitarbeiter des Base-Camps mit ihren Gags. Ich vermute, dass die Unwetterwarnung unbegründet war.«

»Besserwisser!«

Die Elektromotoren des Flugzeugs verstummten.

Die Fluggastbrücke fuhr herunter.

Niemand stieg aus.

Die Gewitterfront schob sich höher.

Sie erreichte den Rand des Camps, das im Regen versank.

Lennard torkelte zum Flugzeug und schlich die Gangway hoch.

Der Vater hustete, rang nach Luft und folgte ihm mit hochgezogenen Augenbrauen.

Beim Einstieg klopfte der Ranger mit dem Handrücken auf das Rumpfwerk.

»Merkwürdiges Material!«

Sein Lebenstraum, die Bezwingung des Mount Everest, für den er die Ranch mit einer sechsstelligen Hypothek belastet hatte, verflüchtigte sich im Wind.

Mit einem Donnerschlag fiel die Tür hinter ihm zu.

Wie ein Pfeil schoss der Jet in den Himmel.

Die Amerikaner purzelten wie Kegel nach einem Volltreffer durch die Kabine.

»Willkommen in meiner rauen Welt!«, tönte es aus dem Lautsprecher. »Ich bin der Comandante der beiden Herren aus den Vereinigten Staaten.«

Über dem Dach der Welt

Die US-Bürger bekamen keine Gelegenheit, sich festen Halt zu verschaffen.

Heftige Seitenwinde brachten das Flugzeug ins Trudeln.

Die Wolkenfront schwappte über das Base Camp, nichts erinnerte mehr an die Scharen von Bergsteigern, die die Station während der Saison in Beschlag genommen hatten.

Mitten in stärksten Turbulenzen fiel der Flieger in ein Luftloch.

Wie in einem Fahrstuhl mit gerissenen Halteriemen schoss er in die Tiefe und fing sich erst unterhalb der toxischen Wolkenfront.

Die Eiswand des Mount Everest mit seiner charakteristischen Schneefahne kam bedrohlich näher.

»What the hell… is this?«, stammelte Steve, der sich an einer Lehne festklammerte.

Lennard rollte wie eine Keksdose durch die Kabine.

Dennoch genoss er die dicke Luft im Flieger, atmete tief ein und spürte, wie die Lebensgeister zurückkehrten.

Der Mönch sprang vom Sitz auf, um den Amerikanern dabei zu helfen, die Plätze einzunehmen.

Die Holztruhe rutschte über den Boden und verfing sich auf der anderen Seite des Gangs in den Verankerungen der Sitzreihe.

Die Düsseldorferin reichte Steve, der sich über der rechten Augenbraue eine Platzwunde zugezogen hatte, ein Taschentuch.

»Thank you, Guys«.

Der Mönch nickte, obwohl er kein Wort Englisch sprach.

Aus heiterem Himmel meldete sich der Pilot über den Lautsprecher: »Ab sofort befolgen die Damen und Herren meine Befehle! Ich befördere sie zu einem Ort, der ihnen für ein paar Tage Obdach gewährt. Bis dahin verharren sie auf den Plätzen und verhalten sich ruhig. Sie durchfliegen eine Wolkenformation mit Sturmpotenzial.«

Mit Verwunderung nahmen die Passagiere die Durchsage zur Kenntnis.

Niemand wagte es, Fragen zu stellen.

Linda nahm die Mutter in den Arm und drückte der in Tränen ausgebrochenen Frau einen Kuss auf die Stirn.

Liang brach das Schweigen: »Merkwürdige Durchsage! Warum bedient sich der Typ der dritten Person? Was führt er im Schilde?«

Bevor ihm jemand eine Antwort gab, zog der Pilot die Nase des Fliegers in einer scharfen Rechtskurve nach oben.

Die Passagiere hielten sich an den Armlehnen fest, der Blutdruck schoss in die Höhe.

Minuten verwandelten sich in Stunden.

Eine braune Brühe schwappte durch die Kabine.

Der Jet durchbrach erneut die Wolkenfront, die sich wie dickflüssiger Dip über die Achttausenderkette des Himalayas schob.

Die Sonne lud die Akkus des Fliegers in wenigen Minuten auf.

»Haben Sie verstanden, was uns der selbst ernannte Comandante geraten hat?«, fragte Alexandra die beiden Amerikaner und umklammerte den 46 cm hohen, 16 Kilogramm schweren Mischlingsrüden, dessen hervorstehende weiße Augenhaut pure Angst widerspiegelte.

»Kunststück! Meine Mutter kam aus Deutschland. Sie hat mir die Sprache im Kindesalter eingetrichtert. Ich habe sie an meinen Sohn weitergegeben. Es ist das Einzige, was er wirklich beherrscht.«

Steve war immer noch zornig auf Lennard, der dem Lebenstraum der Everest-Bezwingung im Wege gestanden hatte.

Der junge Mann gab vor, die Bemerkung des Vaters zu überhören.

Er heftete den Blick an Linda, die mit ihren gewellten blonden Haaren, den langen geschminkten Wimpern sowie den ebenmäßigen Gesichtszügen wie eine große Puppe wirkte.

»Was ist das für eine merkwürdige Holzkiste?«, fragte Liang, der sich bei jeder Tibet-Reise vor Selbstmordattentaten fürchtete.

Vor seinem geistigen Auge tauchten die Bilder der Lamas auf, die sich regelmäßig in der Altstadt von Lhasa vor laufender Kamera verbrennen.

Der Mönch, der die Rutschpartie der Truhe während der Meditation nicht bemerkt hatte, richtete sich auf und beförderte sie unter den Sitz, was bei dem Chinesen nicht zur Beruhigung beitrug.

Der Comandante beobachtete das Treiben in der Kabine durch eine Kamera, die auf der rechten Seite des Cockpits positioniert war.

Eigentlich hatte er nicht die Absicht gehabt, weitere Passagiere aufzunehmen, doch der Reiseleiter war ihm durch permanentes Klopfen an der Tür gehörig auf die Nerven gegangen.

Auf zwei Idioten mehr oder weniger kommt es nicht an, hatte er gedacht und sich dazu durchgerungen, die Bergsteiger an Bord zu nehmen.

»Die Wolke steigt immer höher. Soeben hat sie den höchsten Punkt der Welt verschluckt«, sagte Linda, die zum ersten Mal in ihrem Leben an den Fingernägeln kaute.

»Hey Guys, was ist das hier überhaupt? Ein Flug zum Mond? Eine Geisterfahrt? Ich vernehme kein Motorengeräusch«, sagte Steve.

»Es ist ein Elektroflugzeug mit Druckpropellern. Zwei sitzen an den Flügelspitzen, der Dritte am Heck. Ich vermute, dass es sich um einen Lithium-Ionen-Akku der neuesten Generation handelt«, erläuterte Liang.

»Das kann ja heiter werden! Solche technisch unausgereiften Elektromobile weisen geringe Reichweiten auf und unterliegen zudem großen Leistungsschwankungen.«

Steve schaute in blasse Gesichter.

Keiner der Passagiere hatte sich bislang mit technischen Fragen auseinandergesetzt.

»Ich glaube, es handelt sich um die Spezialanfertigung eines Prototyps. Die Außenhaut ist dreimal so dick wie bei einem gewöhnlichen Flugzeug«, sagte der Chinese.

»Kann mir jemand erklären, wie es möglich ist, dass dieses Flugobjekt wie ein Raumschiff auf dem Boden aufsetzt?«, fragte Lennard.

Anstatt einer Antwort runzelte der Chinese mit der Stirn.

»Wir sind froh, dass wir am Leben sind«, sagte Alexandra. »Unter uns breitet sich die Wolke weiter aus. Es sieht doch ein Blinder, dass sie uns den Tod bringt.«

»Das ist ja lächerlich, Guys! Ihr flieht vor einer Ansammlung von Wassertropfen? Wir müssen den Piloten dazu zwingen, uns nach Kathmandu zu fliegen. Ich will raus aus dieser gottverfluchten Gegend, muss so schnell wie möglich zurück zu meiner Ranch«, sagte Steve mit in den Hüften gestemmten Händen.

»Dazu ist es zu spät«, entgegnete der Reiseleiter.

»Wie bitte?«

»Ich habe vorhin eine Nachricht einer chinesischen Presseagentur erhalten. In North Dakota hat der Versuch, eine Fracking-Bohrung 7.000 Meter unter der Oberfläche durchzuführen, eine Kette von Tiefenbeben ausgelöst. Dadurch ist ein Riss in der Erde entstanden. Man vermutet, dass die Wolkenfront Folge dieser tektonischen Verwerfung ist.«

»Verdammt! Jeder wusste, dass Fracking die Umwelt belastet und Risiken in sich birgt, die nicht beherrschbar sind. Alles was gegen die Natur ist, hat auf Dauer keinen Bestand«, sagte der Student.

»Das sind Fake News! Unsere Anlagen sind sicherer als die Renten in Deutschland. Wenn wir nicht dafür sorgen, dass die Ölreserven aus tiefen Lagerstätten die Fördermenge der Anlagen am Persischen Golf ersetzen, gäbe es weder in Nepal noch in Tibet Touristen, die die Not der Bevölkerung abmildern.«

Der Reiseleiter versuchte, den Zwist zwischen Vater und Sohn zu schlichten: »Mir wäre es lieber, wenn mir jemand erklärt, wohin wir fliegen und wer unser Pilot ist.«

»Hat er sich denn nicht vorgestellt?«, fragte Lennard, der sich aufgrund des Parfümgeruchs, den die Blondine verströmte, eine Reihe weiter nach hinten positionierte.

»Nein, außer einigen Lautsprecheransagen wissen wir nichts über ihn«, sagte Liang.

»Okay Guys, das lässt sich ändern!«

Steve löste den Sicherheitsgurt, erhob sich vom Sitz und steuerte auf das Cockpit zu.

»Endlich nimmt jemand das Heft des Handelns in die Hand. Mir knurrt der Magen«, sagte Alexandra, die seit der Adoleszenz den leiblichen Genüssen frönte.

Der Ranger klopfte an die Tür und erhob seine Fistelstimme, die so gar nicht zum äußeren Erscheinungsbild passte.

»Darf ich Ihnen Gesellschaft leisten? Ich habe ein paar Fragen.«

Keine Reaktion, nichts rührte sich, nur der Wind nagte an der Außenhaut des Fliegers.

Der Amerikaner schlug mit beiden Fäusten auf das Türblatt.

Wütendes Trommeln.

Der Pilot reagierte nicht.

Steve versuchte, die Tür einzutreten.

Der Jet stürzte in die Tiefe, der Wolke entgegen, die das Flugzeug, wie ein Gecko die Mücken an der Wand, verschluckte.

Zentrum der Wolkenfront, 9.000 Meter

Es ist an der Zeit, neue Kraft zu tanken.

Für die Reise ins All benötige ich die konzentrierte Energie des blauen Planeten, dachte der Comandante und schwebte durch sich hoch auftürmende Wolkenfelder, die jeglichem Sonnenlicht trotzten.

Es herrschte Finsternis wie im Kerker einer Ritterburg.

Erneut setzten Turbulenzen ein, diesmal heftiger als zuvor.

Steve, der inzwischen mit verstauchtem Handrücken zu seinem Sitz zurückgekehrt war, betete.

Für ihn nahm die Religion, wie bei vielen Landwirten aus dem mittleren Westen, eine Schlüsselrolle ein, besonders dann, wenn es keine Möglichkeit gab, sich aus eigener Kraft aus einer brenzligen Situation zu befreien.

Außerdem sorgte er sich um seinen Sohn, denn er spürte, dass der Junge etwas vor ihm verheimlichte.

Die anderen Passagiere klebten an den Fensterscheiben, doch außer der Reflexion der Innenbeleuchtung war nichts zu erkennen.

»Unser Leben liegt in Buddhas Hand«, flüsterte Marina, die sich aufgrund ihrer Krankheit intensiv mit dem Tod und der Wiedergeburt auseinandersetzte.

Der Jet erreichte das windstille Zentrum der Wolkenfront und verharrte auf der Stelle, wie ein Kolibri, der Nektar saugt.

Keiner der Passagiere bemerkte, wie der Comandante den Auflademodus aktivierte und der Flieger einen Teil der Energie der Wolke aufsog.

»Solange man die Fenster nicht öffnet, geschieht uns nichts«, scherzte Lennard.

Niemand lachte.

Nach dem Aufladen gewann das Flugzeug, bei dem es sich in Wahrheit um ein Raumschiff von einer den Menschen technologisch und wissenschaftlich weit überlegenen Zivilisation aus einer entfernten Galaxie handelte, an Höhe und schob sich erneut über die Wolke.

Die Situation an Bord entspannte sich.

Nur der Ranger hielt sich die Nase zu, denn Lucky hockte unter seinem Sitz und pinkelte.

»Drecksköter, zieh Leine!«

Alexandra überhörte die despektierliche Bemerkung und versank aufgrund ihres knurrenden Magens in Selbstmitleid.

Sie sehnte sich zurück nach Düsseldorf, zu den Rheinwiesen, wo sie sich im Sommer mit Kollegen und Kolleginnen zum Diskutieren, Faulenzen oder Grillen traf.

Lennard nutzte die Gelegenheit, um von Tenzin die Kunst der Tiefenmeditation zu erlernen.

Mit Gesten, Mantras und stoischer Ruhe gelang es dem Mönch, ihm die Grundlagen beizubringen.

Steve strafte den Sohn mit Missachtung, denn er mochte weder den Tibeter noch die Kultur, die er verkörperte.

Der Ranger legte die Arme auf die Lehne, sackte im Sitz zusammen und schlief wie ein Murmeltier im arktischen Winter.

Die Erholungsphase nahm ein abruptes Ende.

Mitten in der Nacht zwang ihn ein Druck in der Beckengegend dazu, den Gang zur Toilette anzutreten.

Bevor er sie aufsuchte, schlich er zum Heck des Flugzeugs, wo der Mönch im Zustand völliger Versenkung verharrte.

Die Frage des chinesischen Reiseleiters nach dem Inhalt der Truhe trieb dem Amerikaner Schweißperlen auf die Stirn.

Er hegte die Befürchtung, dass sich eine Bombe an Bord befand und sie der Grund für das merkwürdige Verhalten des Piloten und des Tibeters war.

Handelte es sich um Terroristen?

Diente die mysteriöse Wolkenfront lediglich als Vorwand, um einen Anschlag auf amerikanische Einrichtungen in Asien vorzubereiten?

Der Ranger fingerte nach der Holztruhe und zog sie unter dem Sitz hervor.

Sie wog sechs Kilogramm.

Die Seitenteile sowie der Boden waren mit tibetanischen Schriftzeichen versehen, die sich seiner Deutungshoheit entzogen.

Er schüttelte sie – es rappelte.

Steve nahm die Hockstellung ein und ließ die Truhe aus einer Höhe von 40 cm fallen.

Mit dumpfem Scheppern schlug sie auf dem Boden auf, brach aber nicht auseinander.

Er gelangte zu der Überzeugung, dass ein einzelner schwerer Gegenstand im Innern die Geräusche verursachte.

Steve unternahm den Versuch, den Deckel mit bloßen Händen aufzuhebeln, als hätte er es mit einer Kiste Saatgut zu schaffen.

Vergeblich – seine Kräfte reichten nicht aus, um das Behältnis zu öffnen.

Der Landwirt fiel auf die Knie, um unter dem Sitz nach dem Schlüssel zur Öffnung der Truhe Ausschau zu halten.

Ein Blutegel verschwand in einer Ritze.

Steve äugte auf die Kleidung des Geistlichen, wagte jedoch nicht, ihn abzutasten.

Er bugsierte die Truhe unter den Sitz und nahm sich vor, den Geistlichen am Morgen dazu zu zwingen, ihn über den Inhalt in Kenntnis zu setzen und sie vor seinen Augen zu öffnen.

Der Ranger erhob sich vom Boden und wankte zur Toilette, die sich auf der linken Seite gegenüber der Einstiegstür befand.
Der Versuch, sich zu erleichtern scheiterte - lediglich ein paar Tropfen landeten in der Bordtoilette.
Der lange Aufenthalt im Base Camp sowie der seit Stunden andauernde Flug hatten ihn austrocknen lassen und eine Blasenentzündung verursacht.
»Miserabler Bordservice«, zischte er und donnerte die Tür ins Schloss.
Die angelehnte Pforte zum Cockpit erregte seine Aufmerksamkeit.
Er äugte hinein.
Ein mattes Licht beleuchtete eine Instrumententafel mit drei Monitoren, die in allen Schattierungen des Farbspektrums schillerten.
Er heftete den Blick auf die Anzeige für den Akku.
Ein rotes Warnlicht, begleitet von einem schrillen Dauerton, leuchtete auf.
»Hey Guy! Nur noch 2 %. In wenigen Minuten schmiert der Vogel ab.«
Steve riss die Tür auf.
Der Pilot saß seelenruhig auf dem Stuhl und spielte „The Last of us" auf einer Gamingstation.

»Guter Mann! Anstatt mit Endzeitspielen Zeit zu vergeuden, sollten Sie einen Blick auf den Akku werfen. Sofort landen, sonst sind wir alle des Todes.«

»Was wäre daran so verwerflich? Die meisten Menschen haben keine Angst vor dem Tod, sondern vorm Sterben. Für euch wäre der Absturz eine Gnade.«

Der Comandante wies mit der rechten Hand auf den freien Platz des Co-Piloten.

Steve hätte ihm am liebsten mit der Faust ins Gesicht geschlagen, doch die bedrohliche Bassstimme lehrte ihn das Fürchten.

Er setzte sich auf den Stuhl und schaute den Piloten von der Seite an.

Steve bekam eine Gänsehaut.

Hinter der Sonnenbrille des Piloten verbarg sich ein geschwollenes, pockennarbiges Gesicht.

Der kahle Kopf, Fingernägel, lang wie Krallen, schwarze Springerstiefel, Kapuzenjacke sowie die speckige Lederhose mit silbernem Reißverschluss trugen nicht zur Beruhigung des Rangers bei.

Trotz des brutalen Erscheinungsbildes wirkte der Pilot abgemagert, als hätte er seit Wochen keine Nahrung zu sich genommen.

»Was guckt der Herr so verkniffen? Zum Schönheitswettbewerb sollte er die Blondine aus Deutschland anmelden. Die sieht selbst im Hochland von Tibet blendend aus und duftet nach Sinnlichkeit.«

»Lenken Sie nicht vom Thema ab! Leiten Sie die Landung ein, sonst schmieren wir ab!«

»Der Herr sorge sich nicht. Dies ist ein Hybrid-Gleiter der neusten Generation. Neben den Akkus gibt es eine weitere Energiequelle, die mir die Möglichkeit einräumt, große Distanzen zu überwinden.«

»Dann klären sie mich augenblicklich auf. Wo fliegen wir hin? Was macht der Tibeter an Bord? Was hat die komische Wolkenfront mit dem Unglück in North-Dakota zu tun? Ich war eine Woche am Mount Everest und bin nicht auf dem neusten Stand.«

»Fragen über Fragen! Der Herr möge sich beruhigen. Ich gewähre ihm die Ehre, sich einen Becher Kaffee einzuschenken. Ich sehe es seiner Nasenspitze an, dass er dehydriert ist.«

Steve starrte auf die Kaffeekanne samt Bechersortiment, die im hinteren Teil des Cockpits auf einem integrierten 3-D-Drucker thronte.

»Gestatten Sie?«

»Er nehme alles, was zum Wohlbefinden beiträgt. Der Herr ist mein Gast.«

Der Pilot reichte dem Rancher eine Dose mit Zucker und ein Päckchen Milchpulver.

»Bemühen Sie sich nicht! Ich genieße den Kaffee schwarz.«

»Der Herr sollte berücksichtigen, dass wir uns in einer Höhe von 9.500 Metern bewegen. In diesem Teil der

Atmosphäre verändert sich die Wahrnehmung, alles schmeckt intensiver, bitterer als auf der Erde.«

Steve wischte den Hinweis mit einer Handbewegung beiseite, goss den pechschwarzen, nach überlagerten Bohnen duftenden Kaffee in das Gefäß und schüttete das Gebräu in wenigen Zügen herunter.

»Pfui Teufel! Wer hat Ihnen das Kaffeekochen beigebracht?«

»Oh, ich habe viele Menschen mit meiner Mischung beglückt.«

Steve genehmigte sich einen zweiten Becher, versehen mit reichlich Zucker und Milchpulver, doch auch diesmal mundete ihm das Getränk nicht.

»Ich erlaube dem Herrn die Nutzung meines Computers. Er darf sich über das aktuelle Geschehen auf der Erde informieren.«

»Ich wundere mich zwar über Ihre Hilfsbereitschaft, nehme das Angebot jedoch an.«

Steve nahm die Mouse zur Hand, beendete das Endzeitspiel und rief seine Homepage auf.

Nichts rührte sich, der Host existierte nicht.

»Gibt es in dieser Blechkiste keine Verbindung zum Netz?«

»Ich habe die neueste Technologie an Bord.«

Der Ranger zögerte.

Mehrfach tippte er die Namen einschlägiger Suchmaschinen ein, doch das World Wide Web meldete sich nicht.

Allmählich dämmerte es ihm, welches Spiel der Comandante mit ihm trieb.

»Bedeutet das etwa, dass es kein Internet mehr gibt und die Erde…?«

Der Magen des Rangers krampfte sich zusammen.

Der Schmerz kam wie ein Überfall, ihm fehlte die Kraft, den Piloten anzugreifen.

Stattdessen krümmte sich der Amerikaner wie ein Säugling zusammen, er hatte das Gefühl, dass tausend Messer durch den Magen schwirrten.

»Naiver, hinterlistiger Tierschinder! Hat der Herr es endlich kapiert?«

»Wer…, zum Henker…, sind Sie?«

Der Ranger riss dem Sitznachbarn die Sonnenbrille von der Nase.

Augen, die vor Hass brannten, kamen zum Vorschein.

Steve überkam ein Schwindel, alles drehte sich, rotierte, geriet in Bewegung.

Er nahm die Umgebung verschwommen, wie durch eine milchige Scheibe wahr, die Geräusche der Bordelektronik klangen dumpf, verzerrt.

Der Comandante klopfte ihm auf die Schulter und spottete: »Hoppla! Hat der Herr sich verschluckt?«

»Your… a fucking… bastard…Guy! «

Atemnot setzte ein, die zum Herzstillstand des Amerikaners führte.

Sein Blick wurde starr, glitt ins Nirgendwo.

Der Pilot kicherte in sich hinein und machte sich mit gefletschten Zähnen an der Leiche zu schaffen.
Stupid Guy!

Um Mitternacht warf er den leblosen Körper über die Schulter und trug ihn zum Sitzplatz.
Er heftete den Blick an Linda, deren Schönheit ihn betörte.
Beim Rückweg blieb er neben ihrer Mutter stehen und berührte sie mit den Fingernägeln an der Kehle.
Sie röchelte.
Außer Lucky, der am Hosenbein des Finsterlings schnupperte, bemerkte niemand, was im Flugzeug geschah.

Der Pilot nahm den Sitz ein, änderte den Kurs und fuhr die Seitenflügel ein.
Wie ein Pfeil schoss das Raumschiff den Sternbildern entgegen, die dem Comandanten den Weg ins All wiesen.
Erst wenn die Ausbeuter vollständig von der Bildfläche verschwunden sind, herrscht im Universum Frieden.
Es ist mir ein Herzensanliegen, die letzten Überlebenden der Katastrophe, bis auf eine Ausnahme, ins Jenseits zu befördern.

Exosphäre, 500 km über der Erde

»Fatherrr…!«

Der schrille Verzweiflungsschrei führte dazu, dass alle Passagiere zur selben Zeit hochschreckten.

»Was ist passiert? Wo sind…?«

Liang formulierte die Frage nicht zu Ende, denn der Mönch wankte durch die Kabine, steuerte auf den Ranger zu und schloss dessen Augen, die das Leiden im Moment des Todes reflektierten.

»Warum hat es nicht mich getroffen? Für mich wäre der Tod eine Erlösung«, schluchzte Marina.

Der Chinese erhob sich vom Sitz, ging zu dem leblosen Körper, um den Puls zu fühlen.

Er schüttelte den Kopf und nahm den Studenten in den Arm.

»War dein Vater krank? Hat er sich am Mount Everest zu viel zugemutet?«

»Im Gegenteil! Er befand sich körperlich in einer wesentlich besseren Verfassung als ich.«

Der Rotschopf verstummte wie ein Singvogel, dem ein Jäger einen Pfeil ins Herz schießt.

Die Brust wurde eng, der Hals schwoll zu, seine Arme zitterten mit den Beinen um die Wette.

»Wir müssen den Piloten zur Landung zwingen«, sagte Alexandra, die als Studienrätin an einem Gymnasium unterrichtet hatte und es gewohnt war, dass man ihren Anweisungen Folge leistete.

Ein monotoner Singsang brachte sie von ihrem Vorhaben ab.

Der Mönch zog die Blende des Fensters hoch und deutete mit der Hand nach draußen.

Die Sonne rotierte wie ein roter Riese durch das All.

Unter dem Jet breitete sich der von Rauchschwaden eingehüllte Blaue Planet aus.

Feuer loderten, am pazifischen Feuerring ereigneten sich gewaltige Explosionen, auseinandergebrochene Kontinente trieben wie Plastikmüll im schäumenden Meer.

»Die Erde verbrennt, während wir ins All düsen«, schrie die Pensionärin, die Probleme hatte, den Hund im Zaum zu halten.

»Welchen Sinn macht das Leben, wenn alles was wir lieben, zerbrochen ist? Mein Herz liegt in den Armen der Traurigkeit«, sagte Liang.

Er gedachte seiner Frau und dem ungeborenen Kind, das er so gerne in die Arme genommen hätte.

Linda brach in Tränen aus.

Es schien, als wäre sie um Jahre gealtert.

»Die Natur nimmt an uns Rache«, sagte Marina. »Seit Jahrhunderten beuten Menschen die Erde aus. Es liegt auf der Hand, dass das nicht ewig so weitergehen konnte.«

»Wir bewegen uns an der Grenze zum Weltraum und müssten eigentlich längst tot sein. Kein Jet kann der Kälte oder dem Druck in dieser Höhe standhalten.

Außerdem begreife ich nicht, warum an Bord keine Schwerelosigkeit herrscht«, bemerkte der Reiseleiter.

»Dies ist kein gewöhnliches Flugzeug. Schaut nach draußen! Wir düsen ohne Flügel durch die Gegend», sagte Alexandra.

Voller Entsetzen erhoben sich die Passagiere aus den Sitzschalen und glotzten aus dem Fenster.

»Großer...Gott!«, stammelte Linda.

»Seitdem wir stundenlang durch die obskure Wolke geflogen sind, wundert mich gar nichts mehr. Wer weiß, was während dieser Zeit mit uns oder dem Jet geschehen ist. Der Tod meines Vaters steht mit dem Phänomen in Verbindung«, behauptete Lennard.

»Ich befürchte, dass ... der Pilot uns Lügen... auftischt und uns... ins Verderben führt«, lallte Marina.

Der Horrortrip sowie der Untergang der Erde überforderten ihre Kräfte.

Die Lautsprecher knarrten, die Bassstimme des Piloten beendete jegliche Diskussion: »Willkommen im Weltall! Man sorge sich nicht, solange die Fluggäste angeschnallt bleiben, passiert ihnen kein Ungemach. Ich fliege sie ins All, zu einem Planeten, wo eine Überraschung wartet.«

Marina fasste sich an die Kehle.

Es schien, dass sie nicht begriff, was der Pilot gesagt hatte.

Sie rang nach Luft, wie ein zappelnder Fisch, den ein Angler aus dem Wasser zieht.

Der Versuch der Tochter, ihr zu helfen, scheiterte.
Die Körpertemperatur der kranken Frau sank, die Haut im Gesicht um Nase und Mund wirkte fahl.
Liang, der an freien Wochenenden in seiner Heimatstadt als Rettungssanitäter arbeitete, kniete sich auf ihren Brustkorb.
Auch er scheiterte mit der Reanimation.
Mit einem Japsen schied Marina aus dem Leben.
Die Tochter warf sich auf den Boden, wo sie in einem Meer aus Traurigkeit versank.

Panik regierte, das Adrenalin floss in Strömen.
Die Passagiere fragten sich, wer der Unternehmergattin als Nächster in den Tod folgte.
Niemand sprach ein Wort, das Schweigen lastete wie Novembergriesel auf den Gemütern, bis die Panik allmählich in Verzweiflung überging.

Nach zwei Stunden kam Lennard auf die Blondine zu, nahm sie in den Arm und flüsterte: »Man sagt, dass jedes Mal, wenn ein Mensch stirbt, am Himmel eine Sternschnuppe aufleuchtet.«
»Wirklich? Hast du in dieser Nacht welche beobachtet?«

»Nein, ich habe mir auf dem Smartphone Bilder von meiner Mutter angeschaut.«

»Hau ab, ich bin müde! Deine Worte trösten nicht. Marina verweilt in meiner Welt, solange ich mich ihrer erinnere.«

Der Student spielte mit seinen krausen roten Haaren und kehrte zum Sitz zurück.

Linda verfiel in einen Dämmerzustand, der die trüben Gedanken betäubte.

Es dauerte nur wenige Augenblicke, bis auch die übrigen Passagiere die Augen zumachten.

Niemand bemerkte, wie sich der Comandante um Mitternacht der Leiche näherte und ihr auf den Mund küsste.

Er schlich zurück zum Cockpit und schaute in den Spiegel.

Seine aschfahle Gesichtsfarbe verwandelte sich in zartes Rosa.

Dark Side of the moon

Der Hybrid-Gleiter fädelte sich ein in die Umlaufbahn des Mondes, der im Licht der untergehenden Sonne eine rötliche Färbung annahm Wie Zinnsoldaten hockten die Passagiere in engen Sitzschalen und betrachteten das Weltall, das von hier oben bedrohlicher wirkte als von der Erde.

Alle waren erleichtert, dass Land in Sicht war, obwohl niemand wusste, welche Bedingungen am Zielort herrschten.

Die Bilder der ersten Mondlandung schwirrten durch die Köpfe der Fluggäste – schwerfällige, durch Raumanzüge von der Außenwelt abgeschirmte Männer, die in Zeitlupe durch das All trudelten.

Mit Ausnahme der Studienrätin verspürte niemand Appetit oder Durst, obwohl es seit dem Start im Himalaya keinerlei Verpflegung gegeben hatte.

In die Kabinenluft schlich sich ein Gestank ein, denn die im Heck des Fliegers aufgebahrten Leichen gingen allmählich in den Zustand der Verwesung über.

»Ich fühle mich dafür verantwortlich, meine Mutter menschenwürdig zu bestatten«, sagte Linda und schob die Ärmel ihrer Bluse aus reinster Kaschmir-Seide hoch.

Das elegante Outfit gehörte zu ihrem Leben wie der Wind zum Meer. Seit zwei Jahren schuftete sie als selbstständige Modedesignerin in einem Berliner Szeneviertel. Trotz des Talents reichte die Arbeit nicht aus, um von den Einkünften den Lebensunterhalt zu bestreiten, ein Schicksal, das sie mit vielen Menschen in kreativen Berufen teilt.

Dank der zahlreichen Männerbekanntschaften gelang es ihr, finanzielle Engpässe zu überstehen.

»Ich stimme dir ausnahmsweise zu«, sagte Lennard mit verschränkten Armen.

Der raue Ton und die Körperhaltung dokumentierten seine Abneigung gegen die Modepuppe.

Durch das karierte offengetragene Hemd und die Schlabberhose sah er aus wie ein Freak, der die Kleidung im Second-Hand-Store erwirbt.

Die Sommersprossen auf den Wangen und der Nase hatten durch die Höhenkrankheit und die Aufregung an Intensität gewonnen.

Das eckige Gesicht mit dem kantigen Kinn stammte vom Vater, wenngleich der Student mit seinen 69 Kilo bei einer Größe von 1,80 Metern zu den Leichtgewichten gehörte.

Das war einer der Gründe, warum er sich nicht für die Feldarbeit interessierte, sondern von Kindheit an der Computerwelt Vorrang eingeräumt hatte.

Eine Detonation sorgte für Unruhe, die Angst kehrte zurück.

Am Horizont tauchte ein Feuerball auf, der sich rasch ausbreitete.

Trotz der großen Entfernung zum Ort der Explosion nahm die Temperatur im Inneren des Raumgleiters zu, Feuerwinde brachten ihn ins Trudeln.

Durch ruckartige Manöver gelang es dem Piloten, aus der Gefahrenzone herauszufliegen und in einen Bereich ohne Turbulenzen einzutauchen.

»Huch! Was geht da unten vor?«

Mit offenem Mund und hochgezogenen Augenbrauen glotzte Alexandra aus dem Fenster.

»Ich befürchte, das war der endgültige Abgesang auf unsere Erde«, schluchzte Liang, dem Tränen durch das Gesicht liefen.

»Ich habe das ganze Leben vor mir und will nicht sterben«, jammerte die Blondine.

»Wer redet denn jetzt schon vom Sterben?«, tönte es aus dem Cockpit. »Wir landen in Kürze auf der dunklen Seite des Mondes. In drei Tagen ist Vollmond. Ich biete den Fluggästen die Gelegenheit, das Naturschauspiel aus einer anderen Perspektive zu betrachten. Was sie sehen, ist nichts weiter als der Untergang eines ausgeplünderten Planeten. So etwas ereignet sich im Weltall alle paar Tage.«

Ein Leitstrahl erfasste das Raumschiff und führte es über zu der mit einer mächtigen Staubschicht überzogenen Mondoberfläche, die von gewaltigen, mit Lava aufgefüllten Kratern übersät war.

Rund um die Lavabecken türmten sich kilometerhohe Ränder als Gebirgsringe auf.

»Alles andere als einladend«, sagte Liang und schaute auf den Mönch, der mit seinem Obertongesang die Landung begleitete.

»Hauptsache kein Hochgebirgsort«, entgegnete Lennard, dem die Höhenkrankheit noch in den Gliedern und Atmungsorganen steckte.

»Keine Sorge! Auf dem Mond türmen sich die Berge nur halb so hoch in den Himmel wie auf der Erde.«

»Sehr beruhigend!«

Die Mondoberfläche näherte sich im Eiltempo.

Die Landung verlief ruhig und geräuschlos.

Das Raumschiff setzte inmitten einer roten Wüstenlandschaft auf.

Der Landebereich bestand aus einer plattgewalzten Fläche, hinter der ein schroffer, unbewachsener Inselberg thronte.

»Wie in der Inneren Mongolei«, rief der Reiseleiter und sprang vom Sitz auf.

»Hinsetzen! Ich entscheide, wann die Gäste aufstehen«, zischte der Pilot.

»Ei, Ei, Käpt´n!«, flötete Alexandra, die heimlich den letzten Keks aus der Dose, die sie aus Lhasa mitgebracht hatte, genüsslich auf der Zunge zergehen ließ.

Ein unbemanntes Schleppfahrzeug brauste heran.

Es klinkte sich an einer Kupplung ein, die sich am Bug des Raumschiffs befand.

Das Gespann hielt auf die Flanke des Bergs zu.

Der Torbogen, der das Innere hermetisch von der Außenwelt abschirmte, öffnete sich knarzend.

Der Schlepper beförderte die Kapsel in einen Tunnel, der tief in den Berg hineinführte.

Linda stierte mit glasigen Augen in den engen, dunklen Stollen.

Ihre Knie nahmen die Konsistenz von Butter an.

Sie zitterte am ganzen Körper, etwas schnürte ihr die Kehle zu.

»Bitte nicht…dort hinein«, stammelte sie, doch das Schleppfahrzeug schob das Raumschiff wie ein Schweitzer Uhrwerk in den Berg hinein.

Das Tor schloss sich automatisch hinter dem Vehikel.

Es war finster wie in einem Sarg, der in drei Metern Tiefe in sattfeuchter Erde ruht.

Die Blondine brach in Panik aus, denn sie litt unter Klaustrophobie.

Sie fasste sich an ihre Perlenkette und riss sie mit einem Ruck ab.

Wie Murmeln rollten die Einzelteile durch die Kabine.

Ein Lichtkegel, grell wie Sonnenstrahlen, illuminierte den Piloten, obwohl niemand einen Schalter gedrückt hatte.

Er stieg aus dem Raumgleiter aus und schlenderte zu einer Pforte, wo er mit der schieren Bewegung seiner Augen einen Code generierte.

Es surrte – die mit Vanitas-Symbolen verzierte Tür öffnete sich.

Er drehte sich um, winkte den Passagieren zu und verschwand im Nirgendwo.

»Der Typ fordert uns auf, auszusteigen«, sagte Alexandra.

»Ohne Brücke oder Gangway?«, fragte Linda, die durch das Licht die Panikattacke allmählich in den Griff bekam.

»Als ob das unser Problem wäre! Ich hege die Befürchtung, dass wir beim Öffnen der Tür ersticken, denn der Mond besitzt keine Atmosphäre. Außerdem gibt es Temperaturunterschiede, die ein Leben auf dem Erdtrabanten verhindern. Tagsüber sind 100 Grad drin, nachts fällt das Thermometer bis auf minus 150 Grad«, erklärte Lennard.

»Oh, so kalt! Wir schicken den Hund vor, dann wissen wir, was uns erwartet«, sagte Liang.

»Typisch Chinese, kein Gefühl für Tiere! Entweder wir verlassen das Vehikel gemeinsam oder bleiben an Bord, bis wir verhungern oder verdursten. Der selbst ernannte Comandante hat uns versichert, dass uns nichts geschieht«, schimpfte Alexandra, die sich über ihren Mut wunderte.

»Ich traue dem Kerl nicht«, entgegnete Linda.

Der Mönch, der kein Wort der Unterhaltung verstanden hatte, murmelte ein Mantra, zog die Holztruhe unter dem Sitz hervor und schleppte sie zum Ausgang.

Grinsend drückte er die Taste für den Exit.

Die Tür öffnete sich geräuschlos.

Dicke, wohl temperierte Luft strömte in die Kabine.

Lucky heulte wie ein Wolf in einer Vollmondnacht und sprang aus dem Raumschiff.

Der Mönch legte sich auf den Bauch, lehnte den Oberkörper aus der Kabine und ließ die Truhe auf einen Staubhaufen fallen.

Liang schmiss sich auf die Sitzreihe und schützte den Kopf mit beiden Händen.

»Achtung, ein Sprengstoffanschlag!«

Scheppernd schlug die Kiste auf der Mondoberfläche auf.

»Oh nein!«

Die Verpackung hielt der Belastung stand, nichts passierte.

Der Tibeter hangelte sich aus dem Raumschiff.

Als erster Mensch nach 51 Jahren setzte er einen Fuß auf den Mond.

Wie ein Hochseilartist balancierte er mit der Truhe über die holprige Piste, die vom Landeplatz zur Eingangstür in das Reich der Unsicherheit führte.

Lennard sah in dem bevorstehenden Aufenthalt auf dem Mond nicht nur Gefahren, sondern auch eine Herausforderung.

Für ihn war ein Neuanfang ohnehin unabdingbar, obwohl er ihn sich völlig anders vorgestellt hatte.

Der Chinese verließ die Kabine nach den beiden Damen, die mithilfe der Räuberleiter den Boden erreichten.

Mit Argusaugen überprüfte er die Stelle, an der die Truhe einen Abdruck im Staub hinterlassen hatte.

Er fand keinerlei Hinweise darauf, welches Geheimnis sie hütete.

Henkersmahlzeit

Ein Pfad aus plattgewalztem Lehm führte tiefer ins Innere des Bergs hinein.

Linda hangelte sich an grob behauenden Felswänden entlang.

In der Dunkelheit kehrte ihre Angststörung zurück.

Sie hechelte wie Lucky, der mit wedelndem Schwanz dem Geruch folgte, den ein Raum am Ende des Gangs verströmte.

Die Blondine blieb stehen und hielt sich beide Hände vors Gesicht.

»Geht allein weiter… ich kann das nicht!«

»Du schaffst das! Mach nicht auf den letzten Metern schlapp«, sagte Liang.

Wie eine Puppe zog er sie hinter sich her.

Sie riss sich los und torkelte mit halbgeschlossenen Augen zu der Stelle, wo der Rüde mit wedelndem Schwanz wartete.

»Hurra, eine Versorgungsstation auf dem Mond!«, jubilierte Alexandra, die als erste den Hund erreichte.

Mit einem Tempo, das man der beleibten Frau nicht zugetraut hätte, stürzte sie sich auf die randvoll mit Wasser gefüllten Tonbottiche.

Schlagartig realisierten auch die übrigen Gruppenmitglieder, unter welchen Entbehrungen sie seit Tagen litten.

Im Angesicht der Gefahren hatten Hunger oder Durst – bis auf besagte Ausnahme- keine Rolle gespielt, waren schlichtweg in Vergessenheit geraten. Jetzt kehrten die körperlichen Bedürfnisse im Eiltempo zurück.

Sich auf die Bottiche stürzen, das Lebenselixier in Becher gießen, es herunterschütten, war eine Angelegenheit von Sekunden.

»Hoffentlich ist das Wasser safe«, sagte Linda, die sich das plötzliche Ableben der Mutter und des Rangers nicht erklären konnte.

»Handelt es sich überhaupt um Trinkwasser? Mir behagt der bittere Nachgeschmack nicht«, klagte die Studienrätin.

Zu Linda gewandt sagte der Amerikaner: »Du kannst den Piloten ja darum bitten, uns zur Begrüßung einen Prosecco zu servieren.«

»Dummschwätzer!«

Liang lächelte und deutete mit der Hand auf die Holzarbeitsplatte der Küche, die einen abgenutzten Eindruck hinterließ.

Auf der rechten Seite türmten sich Lebensmittel in die Höhe – Gemüse, Salate, Kartoffeln – die gesamte Palette der veganen Küche breitete sich vor den Augen der hungrigen Mäuler aus.

»Kann jemand von euch kochen?«

Der Reiseleiter schaute sich mit gerunzelter Stirn in der Runde um.

Alexandra, die wie ein ausgehungerter Polarfuchs im Winter unter der unfreiwilligen Diät litt, hob die Hand und nahm die Lebensmittel in Augenschein.

»Ich erkläre mich dazu bereit, Ratatouille mit Reis und Salat zuzubereiten«, sagte Lennard, der im Studentenwohnheim in Minneapolis gelegentlich für seine Kommilitonen gekocht hatte.

»Das ist unmöglich«, seufzte Alexandra. »Wir haben weder Auberginen, Zucchini oder Paprika. Das Gemüse sowie die salatähnlichen Blätter stammen anscheinend von hiesigen Anbauflächen. Ich habe keine Ahnung, was das für ein Zeug ist und wie man es zubereitet.«

»Ich wundere mich darüber, dass in dieser unwirtlichen Klimazone überhaupt etwas gedeiht und es Leute gibt, die Felder bewirtschaften«, bemerkte Liang.

»Seid dankbar für alles, was der Nahrungsaufnahme dient«, sagte der Rotschopf und bewaffnete sich mit einem Schneidemesser.

Alexandra benötigte keine Minute, um festzustellen, dass die Kochkünste des Studenten auf äußerst bescheidenem Niveau rangierten.

Nach vier Stunden kulinarischer Experimente tischten die Meisterköche einen rötlich-gelben Brei auf, der einen strengen Geruch verströmte.

Dazu gab es eine Knolle, die nur unter Aufbietung aller Kaumuskeln sowie reichlich Flüssigkeit den Weg zu den Verdauungsorganen fand.

Trotz des ungewohnten Mahls mit dem bitteren Beigeschmack verzehrte die Gruppe eine Menge, die einer Kompanie zur Ehre gereicht hätte.

»Ein Garnelencurry oder Hot Pot wäre mir lieber gewesen«, sagte der Chinese, dem schon das ungewohnte Essen in Tibet Verdauungsprobleme bereitete.

»Ha, ha, ha! Soll ich dir dazu passend Jasmin Tee oder Reiswein servieren?«, frotzelte der Student.

»Anstatt zu streiten, sollten wir dafür sorgen, dass die Toten ein würdevolles Begräbnis bekommen«, sagte Linda. »Ich habe vorhin beim Ausstieg aus dem Raumgleiter ein staubiges Feld entdeckt. Vielleicht ist es möglich, dort Gräber auszuheben.«

»Ja, die Zeit drängt! Wir benötigen Kraft, um unserer Pflicht nachzukommen«, ergänzte Alexandra.

Die Gruppe brach auf, um zum Raumschiff zu marschieren.

Erst jetzt bemerkten sie, wie jemand in den Seiten des Gangs aus dem Gestein einzelne Kammern herausmoduliert hatte.

Jeder Raum war mit einer Liege und einem Nachttisch möbliert.

An der Stirnseite der Betten hingen Taschenlampen.

»Unsere Suiten«, spottete die Blondine, die im Kindesalter mit ihren Eltern in Luxushotels zu logieren pflegte.

Der Mönch wählte die Kammer am Ende des Gangs aus, wo er die Truhe unter der Liege verstaute.

Er achtete peinlichst darauf, dass ihn niemand beobachtete.

»Morgen schaue ich nach, was der gute Mann vor uns verbirgt«, versprach Liang.

»Wenigstens ist es keine Bombe«, entgegnete Lennard.

»Bist du dir da vollkommen sicher?«

Der Chinese stemmte beide Hände in die Hüften und wartete die Rückkehr des Geistlichen ab.

»Wenn er uns schon nicht versteht, sollten wir ihn wenigstens darum bitten, uns seinen Namen mitzuteilen«, sagte Alexandra, verbeugte sich vor dem Tibeter. Und

Mehrfach sprach sie ihren Rufnamen aus, wobei sie jede einzelne Silbe betonte.

Der Mönch kapierte, was sie von ihm wollte.

»Tenzin, Tenzin!«, sang er wie ein Vogel im Morgengrauen und schlug sich mit der Faust auf die Brust.

Die übrigen Mondfahrer stellten sich ebenfalls vor und verneigten sich vor dem Geistlichen.

Lächelnd schritt er – mit einer Taschenlampe bewaffnet - als erster durch das dunkle Gewölbe.

Es war ihm eine Ehre, sich um die Toten zu kümmern, obwohl er ahnte, was die Aufgabe ihm abverlangte. Er war um vier Uhr in der Frühe aufgestanden, um – wie jeden Tag – seinen Meditationsübungen nachzugehen.

Die Beine der Berlinerin versagten den Dienst.

Liang und Lennard legten die Arme auf ihre Schultern, um sie zu stützen.

Der Mönch verlangsamte das Tempo und achtete darauf, dass keiner aus der Gruppe den Anschluss verlor.

Von Weitem schlug ihnen ein Verwesungsgeruch entgegen, der sich am Raumgleiter ins Unerträgliche steigerte.

Die Beauty riss sich los und heulte wie ein Kind.

Auch der Amerikaner sah sich außerstande, seinen Vater aus dem Inneren der Kapsel zu bergen.

Die jungen Leute wandten sich ab und nahmen sich, ungeachtet der immer offensichtlicher zutage tretenden Antipathie, in den Arm.

Tenzin hangelte sich in die Kabine des Raumgleiters, dessen Flügel wieder ausgefahren waren, und schleppte die Leichen zum Ausgang.

Er rief nach dem Reiseleiter, der sie mit angehaltenem Atem entgegennahm.

Mit vereinten Kräften beförderten die Asiaten die Leichen zu dem von Linda bezeichneten Feld, bei dem es sich um einen abgeernteten Acker handelte.

Er war mit einer mächtigen rötlich schimmernden Staubschicht bedeckt.

An einigen Stellen trat poröses Mondgestein an die Oberfläche.

Das Ausheben der Gräber glich einer Sisyphusarbeit.

Lucky buddelte, bis ihn die Kräfte verließen.

Nach zwei Stunden gelang es, eine Mulde zu formen, die Leichen hineinzulegen und eine meterhohe Staubschicht über sie anzuhäufen.

Der Mönch murmelte Mantas, die in seinen typischen Obertongesang übergingen.

Im Verlauf der Zeremonie tränkten Linda und Lennard den staubigen Boden mit Tränen.

Alexandra und Liang starrten mit trüben Augen auf die Gräber.

Der klaffende Bodenriss am Rand des Feldes, der sich als Folge der Explosion der Erde ausgebildet hatte, entzog sich ihrer Aufmerksamkeit.

»Gott sei ihrer armen Seelen gnädig«, sagte die Düsseldorferin und bekreuzigte sich.

»Bevor wir in unsere Behausungen zurückkehren, wäre es sinnvoll, sich Klarheit darüber zu verschaffen, wie wir uns den Aufenthalt in diesem Verlies vorstellen. Ich schlage vor, dass wir uns in der Küche zusammensetzen«, sagte der Reiseleiter.

Da niemand eine bessere Idee parat hielt, nahm die Gruppe das Angebot an und begab sich auf den Rückweg.

In der Küche regierte Sprachlosigkeit.

Alexandra verbog einen Esslöffel bis zur Unkenntlichkeit.

Lucky kroch unter den Stuhl seines Frauchens, wo er sich in Sicherheit wähnte.

Wie ein Fallbeil zerschnitt die samtige Stimme der Blondinen die Stille: »Wir sind Gefangene in der Hand eines Psychopathen. Niemand weiß, wer von uns als nächster stirbt.«

Schweigen.

Tenzin nahm den Schneidersitz ein und verfiel in den Zustand völliger Versenkung.

Er wäre ohnehin nicht in der Lage gewesen, einen Diskussionsbeitrag zu leisten.

»Für mich macht das Ganze keinen Sinn«, sagte Lennard nach einer Weile der Besinnung. »Warum rettet jemand die letzten Menschen von der Erde, befördert sie auf mysteriöse Weise zum Mond und lässt sie in einem dunklen Gewölbe allein zurück? Wo ist der Pilot überhaupt? Wieso spricht er nicht mit uns?«

Niemand kannte die Antworten.

Alexandra stach die linsenförmige Ausbuchtung an der aus grobem Mondgestein herausmodulierten Decke ins Auge.

Sie war zu erschöpft, sonst hätte sie Alarm geschlagen, denn es handelte sich um eine Überwachungskamera, mit der der Pilot das Gespräch belauschte.

Er war in der Lage, alle Fragen zu beantworten, zog es aber vor, die Gruppe im Ungewissen zu lassen.

Ich liebe die entsetzten Gesichter mit den weit aufgerissenen Augen, wenn ich mich durch die Hintertür einschleiche und die Menschen mit meiner Aura fessele. Es ist ein erhabenes Gefühl, in den Körper eines Homo sapiens zu schlüpfen, dessen Ende das Universum von einer Geisel befreit.

Seit vier Milliarden Jahren wandelte der Comandante auf der Erde. Am Anfang hatte er sich mit Algen, Bakterien oder niederem Getier herumgeschlagen, später kamen Wirbeltiere und Fische hinzu.

Niemand nahm von ihm Notiz. Er tauchte auf, wenn er gebraucht wurde, verrichtete seine Arbeit und verschwand so geräuschlos, wie er gekommen war.

Als der Mensch auf der Bildfläche erschien, änderte sich das grundlegend: Der Comandante nahm eine Schlüsselposition ein, wurde gleichermaßen gefürchtet wie verehrt. Er liebte es, sich in Schlachten mitten ins Getümmel zu stürzen und sich um verblutende oder zerschmetterte Körper zu kümmern. Bei Aufständen oder Revolutionen verschanzte er sich in der ersten Reihe und spornte die Mächtigen der Welt dazu an, alles zu geben, um ihm in die Hände zu spielen. Niemand entzog sich seinem Zugriff, er war Teil der Natur, die für ihn oberste Priorität genoss.

Auf Wunsch der jungen Leute, deren Gedanken um den Tod der Eltern kreisten, beschloss die Gruppe, die Schlafkammern aufzusuchen.
Die Mondfahrer sehnten sich nach Muße, benötigten eine Atempause, um die Ereignisse der letzten Stunden zu verarbeiten.
Nach dem Zubettgehen dauerte es nicht lange, bis Schnarchen, Husten oder Seufzer durch die Gänge hallten.

Lennard bildete die Ausnahme.
Die Trauer hielt ihn vom Ruhen ab, er wälzte sich von einer Seite der Matratze auf die andere, bekam die Bilder des verstorbenen Vaters nicht aus dem Kopf.

Obwohl Lennard von ihm seit frühester Kindheit unterdrückt worden war, bewunderte er ihn dafür, wie er die Ranch nach dem Tod der Ehefrau allein gemanagt hatte.

Mit dem Studium der Informatik verfolgte der junge Mann das Ziel, seine Kompetenzen in einem angesehenen Fach unter Beweis zu stellen.

Er löste die Taschenlampe aus der Verankerung und schlich zum Raumgleiter.

Auf der Suche nach Auffälligkeiten oder Schwachpunkten, die ihm die Chance boten, aus dem Verlies auszubrechen, leuchtete er das Gewölbe aus.

Ziellos irrte er umher, bis eine ovale Box aus Kristallglas seine Aufmerksamkeit erregte.

Verbarg sich in ihrem Inneren die Elektronik zur Öffnung der Pforte?

Der Amerikaner hebelte die Vorderseite mit der Kante des Taschenlampengehäuses auf.

Zu seiner Verwunderung öffnete sich die Box und gab ihr Inneres frei.

Entweder hatte der Finsterling vergessen, sie abzuschließen oder nicht in Erwägung gezogen, dass sich jemand an ihr zu schaffen machte, vermutete der Student.

Eine Unmenge von miteinander kommunizierenden Dioden, Platinen und Prozessoren flackerte wie eine defekte Straßenlaterne.

Lennard schaute sich den Wirrwarr an, prüfte jedes Teil und jede Verbindung.

Er fand heraus, dass eine ihm unbekannte künstliche Intelligenz die Elektronik der Mondstation steuerte und kontrollierte.

Der Versuch, sie kurzzuschließen, scheiterte.

Ein Rasseln mahnte ihn zur Vorsicht.

Ein Reptil?

Eine Schlange?

Es zischte, der Boden vibrierte wie eine Waschmaschine während des Schleudergangs.

Ein Erdbeben?

Eine Folge der Explosion?

Lennard schaltete die Taschenlampe aus und eilte im Schutz der Dunkelheit zu seiner Kammer, wo er sich die Decke über die Ohren zog.

Doch die Geister im Kopf gönnten ihm keine Verschnaufpause.

Nemesis

Ein Schrei in der Form, wie ihn der norwegische Maler Edvard Munch im gleichlautenden Gemälde bildlich dargestellt hatte, riss den Studenten aus den Gedanken.

Er sprang von der Liege und spurtete zum Gemeinschaftsbad, wo die Beauty ihre morgendlichen Reinigungsrituale vollzog.

»Was ist los? Ein Tier, ein Spanner?«

»Weder noch! Die Dusche ist eiskalt. Nach fünf Minuten fließt überhaupt kein Wasser mehr. Ich hasse diesen gottverdammten Erdtrabanten.«

»Beruhige dich, es gibt größere Missgeschicke! Wenn du dich abgeregt hast, komm in die Küche.«

Der Student eilte zu seiner Kammer.

Die Wände des Gewölbes ächzten vor Kälte, die Raumtemperatur fiel in den einstelligen Bereich zurück.

Er streifte den Anorak über und machte sich auf den Weg zu der Verabredung.

Die Beleuchtung der Gänge war spärlich, lediglich einige Pechfackeln spendeten fahles Licht.

Alexandra, die inzwischen in der Küche das Zepter schwang, war gemeinsam mit dem Mönch damit befasst, Körner zu malen, um daraus einen Teig zu formen.

»Es dauert eine Weile, bis etwas Essbares entsteht. Du kannst dich ruhig wieder hinlegen. Es ist kalt geworden.«

»Mir schwirren so viele Gedanken durch den Kopf, dass an Schlaf nicht zu denken ist«, entgegnete der Rotschopf.

»Ich habe den Eindruck, dass man uns vor Augen führt, was auf der Erde aus dem Ruder gelaufen ist«, sagte Liang.

»Was meinst du damit?«, fragte Linda, die inzwischen mit nassen Haaren auf der Holzbank vor dem Esstisch Platz genommen hatte.

»Es liegt auf der Hand«, brummte der Chinese. »Weder Fisch noch Fleisch, geringer Energie- und Wasserverbrauch, Produkte aus heimischer Produktion sowie klimaneutrale Mobilität.«

»Ja, euer Reiseleiter könnte mit seiner Bemerkung den Nagel auf den Kopf getroffen haben. 300.000 Jahre Menschheitsgeschichte haben ausgereicht, um die Natur zu zerstören«, sagte Lennard.

In diesem Moment stürmte Lucky wie eine Furie in den Raum, sprang sein Frauchen an und zerrte an ihrem Hosenbein.

»Vorsicht, du rennst mich ja um«, sagte sie, doch der Hund beruhigte sich nicht.

Er lief zurück zum Gang, kehrte um und sprang erneut an ihr hoch.

Sie bemerkte nicht, wie sich ein Blutegel aus dem Fell des Hundes löste und ihr linkes Bein hochkroch.

»Lucky möchte uns etwas zeigen«, sagte Lennard und erhob sich von der Bank.

»Ich begleite dich!«

Der Reiseleiter sprang vom Platz auf, um sich dem Amerikaner anzuschließen.

Linda litt unter Schüttelfrost.

Sie hüllte sich in die Bettdecke ein, die sie aus ihrer Kammer mitgebracht hatte.

Lucky führte die Männer zu dem Feld, auf dem gestern die Toten bestattet worden waren.

Der Hund beschleunigte das Tempo und eilte zu der Stelle, wo sich der Riss im Boden abzeichnete.

Dort blieb er wie angewurzelt stehen.

Lennard und Liang gingen auf ihn zu.

Jetzt nahmen auch sie die Verwerfung wahr.

Der Rüde buddelte mit den Vorderfüßen im Staub, zog einen länglichen elfenbeinfarbenen Gegenstand heraus und hielt ihn mit den Zähnen fest.

Hechelnd humpelte er den Männern entgegen.

»Gib her! Was hast du da?«

Der Chinese riss ihm den Gegenstand aus dem Maul und unterzog ihn einer Prüfung.

»Ein alter Knochen!«

Lucky zerrte am Hosenbein des Chinesen, der nicht sofort auf das Ansinnen reagierte.

Der Hund ließ von ihm ab und begab sich zu dem Ort, wo er das Teil ausgebuddelt hatte.

Es dauerte nicht lange, bis er mit dem nächsten Knochen im Maul zurückkehrte.

»Lass fallen!«, zischte Lennard.

Arm in Arm schlenderte er mit Liang zur Fundstelle.

Alle Befürchtungen blieben unausgesprochen.

Unter ihren Füßen gab der Boden nach.

Balancierend näherten sich die Männer dem Ort des Grauens.

Sie schauten in das Erdreich.

Die Pupillen der Männer weiteten sich.

Gebeine, Schädel und Gerippe drangen in der breiigen Masse mit kreisförmigen Bewegungen an die Oberfläche.

Auf den Schädelknochen thronten Brillengestelle, deren Design keinen Zweifel aufkommen ließ, um was es sich handelte.

»Großer Gott! Das ist... ein Massengrab«, stammelte der US-Bürger und bohrte in der Nase. »Killing Fields, wie in Kambodscha unter den Roten Khmer.«

»Raus aus dieser Schädelstätte!«, schrie der Reiseleiter, der nach potenziellen Angreifern Ausschau hielt.

Der Riss weitete sich aus, gab den Blick frei auf das ganze Ausmaß des Grauens.

Die Männer drehten sich um und spurteten, wie von der Tarantel gestochen, los.

Um ein Haar brachten sie die Gebeine, die durch die Verwerfung des Bodens an die Oberfläche gelangten, zu Fall.

Mit aschfahlen Gesichtern hüpften sie über die Stolperfallen.

Lucky mühte sich, Anschluss zu halten, denn bei extremen Belastungen humpelte er stärker als gewohnt.

Aus der Küche, wo Alexandra und Linda einen Brotfladen portionierten, schimmerte mattes Licht.

»Es ist alles gelogen!«, schrie Lennard, der als erster das Ziel erreichte. »Wir erleben keinen Vollmond, nirgendwo! Ihn gibt es nur dann, wenn man mit beiden Füßen auf der Erde steht und zum Himmel aufschaut. Wir aber sind in der Hölle. Der Pilot trachtet uns nach dem Leben und verscharrt uns in Massengräbern.«

Liang schnappte nach Luft, brachte kein Wort über die Lippen.

Er fiel neben der Berlinerin auf die Holzbank und begrub das Gesicht mit beiden Händen.

Die Brille rutschte ihm von der Nase und zerbrach in Einzelteile.

Unter Tränen berichtete der Student über das Grauen auf dem Gräberfeld.

Niemand vermochte seinen Redefluss zu stoppen.

Die Damen rangen nach Luft, keiner stellte Zwischenfragen.

Der Rüde stürzte sich in Ermangelung von Rind, Schwein oder Kaninchen auf das kärgliche Mahl.

»Mir ist speiübel«, sagte die Pensionärin und fasste sich an den linken Unterschenkel, an dem ein Rinnsal herunterlief.

In ihrer einst so glatten Haut hatten sich Falten eingeschlichen, durch die sie wie eine Greisin wirkte.

»Ich wünschte, ich wäre niemals nach Tibet gereist. Dann wäre ich gemeinsam mit meiner Frau mit dem Baby in ihrem Bauch gestorben«, klagte der Chinese.

»Mein Vater hat mir im Kindesalter eins eingetrichtert: Niemals aufgeben, auch dann nicht, wenn die Nacht am tiefsten ist. Damals habe ich ihn verflucht, doch er war im Recht. Es gäbe eine Möglichkeit aus dieser Gruft zu fliehen, aber dazu müsste…«

Er schaute die Berlinerin von der Seite an.

»Dazu müsste was?«, fragte sie und zog die Augen zu Schlitzen zusammen.

Er flüsterte ein paar Worte in ihr Ohr.

Sie schlug ihm mit der flachen Hand ins Gesicht.

»Aua!«

»Unverschämter Lümmel!«

»Sorry, aber es ist unsere einzige Chance, aus diesem Totenreich zu fliehen. Ich kann dir nicht einmal garantieren, dass es funktioniert.«

»Nein, ich mach das nicht! Lass mich mit deinen Schnapsideen in Frieden.«

Während die beiden wie Kesselflicker stritten, stützte sich Alexandra mit beiden Händen an der Lehne des Stuhls ab.

Eine bleierne Müdigkeit überkam sie, als hätte sie einen Marathonlauf hinter sich gebracht.

»Was ist los? Hast du nicht die erforderliche Kalorienmenge zu dir genommen?«

Der Reiseleiter versuchte, ihren Puls zu ertasten, fand ihn jedoch nirgends.

»Das ungewohnte Essen, … unregelmäßige Mahlzeiten, …daran muss sich… mein Körper erst… gewöhnen. Bitte begleite mich… zur Kammer. Ich benötige… Ruhe.«

Liang stand auf, um die Studienrätin zu stützen.

Er kam nicht dazu – wie ein Kartenhaus sackte sie in sich zusammen.

Mit taubem Kribbeln wich alles Leben aus ihr.

Aus der Wunde am Bein sickerte ein rotes Rinnsal auf den Boden und mischte sich mit dem Staub.

Lennard wandte sich ab, denn er ertrug den Anblick von Blut nicht, unabhängig davon, ob es sich um sein eigenes oder das anderer Menschen handelte.

Lucky schmiss sich neben ihr auf den Boden und lehnte den Kopf an ihre kalte Wange.

Sein Wimmern füllte den Raum mit Schmerz.

»Begreifst du jetzt, dass wir keine Wahl haben«, sagte Lennard und fasste Linda an die Schulter. »Liang, bring mir bitte sofort eine Taschenlampe.«

»Klar, mach ich!«

Der Chinese erhob sich, um zu seiner Kammer zu eilen.

Es fiel ihm schwer, sich ohne Brille zu orientieren.

Er stieg auf sein Bett und tastete die Wand nach dem gewünschten Gegenstand ab.

Ein betörender Duft, süß und verführerisch, schlug ihm entgegen.

Er knipste die Taschenlampe an.

Ein Strauß von Mohnblumen, die in Form konzentrischer Wellenkreise auf der Bettdecke positioniert waren, sprang ihm in die Augen.

Die Blüten, rot wie Himbeersaft, zogen den Chinesen, den nach dem Ableben seiner Frau die Todessehnsucht beherrschte, in den Bann.

Er atmete den Duft ein und fühlte sich wie neugeboren.

Mit verklärtem Blick löschte er das Licht der Funzel und begab sich auf den Rückweg.

Die Dunkelheit schmeichelte seiner Seele, wie ein Roboter marschierte er zurück zu den Freunden.

»Endlich! Wir hatten schon befürchtet, dass du einen Spaziergang im All unternommen hast«, sagte der Amerikaner bei seinem Erscheinen in der Küche.

»Entschuldige! Ich bin nur ein wenig erschöpft von unserem nächtlichen Ausflug«, flötete Liang.

Er nahm sich vor, so schnell wie möglich in seine Kammer zurückzukehren.

»Bist du bitte so lieb, dich um die Tote zu kümmern«, forderte Lennard ihn auf.

»Selbstverständlich! Ich bahre sie gleich in ihrem Bett auf. Das Zimmer schmücke ich mit Blumen aus.«

»Fantasierst du? In diesem Kerker gibt es doch keine Blumen.«

Anstatt die Erklärung des Chinesen abzuwarten, zerrte Lennard die Designerin von der Sitzbank.

Sie riss sich los und folgte ihm unter Protest.

Bei jeder Gelegenheit trat sie ihm mit voller Absicht auf die Füße.

Kalte Liebe

Lennard ergriff die Hand der Blondinen und zog sie hinter sich her.

Das Paar schlich an den Schlafkammern vorbei, zu dem Teil des Gewölbes, den bislang niemand aus der Gruppe zuvor betreten hatte.

Hinter einer Biegung baute sich eine Wand aus Dunkelheit auf.

Der Boden wurde schwammiger, rutschiger, nasser.

An einigen Stellen taten sich Mulden auf, die keinen Halt boten.

Die jungen Leute setzten einen Fuß vor dem anderen, um nicht Gefahr zu laufen, in der breiigen Masse zu versinken.

In der Mitte des Gangs blieb die Beauty wie eine Statue stehen, den Blick starr zu Boden gerichtet.

Ihre Beine, dünn wie Zahnstocher neben dem Salzstreuer, zitterten.

Sie knetete die Hände: »Nein, ich kann das nicht! Führe deinen Plan allein aus.«

Von einer Panikattacke überwältigt, begab sie sich in die Hockstellung und bedeckte das Gesicht mit beiden Händen - ein Häufchen Elend in einem feuchten, vom Schlamm überzogenen Kerker.

»Du musst dich der Angst stellen, sie als Teil deines Lebens akzeptieren. Sie ist eine Kraft, die dir dazu verhilft, dich in Achtsamkeit zu üben«, predigte der Student und legte eine Hand auf ihre Stirn.

»Geh mir nicht mit deinen Belehrungen auf die Nerven! Was verlangst du von mir? Meine Beine gehorchen mir nicht.«

Lindas Stimme überschlug sich beinah.

»Mach es mir zuliebe«, hauchte Lennard.

»Gegensätze ziehen sich nur in der Physik an, im realen Leben stoßen sie sich ab«, hatte die Mutter der damals 18-jährigen Tochter einmal behauptet und ihr abgeraten, den Chef einer Werbeagentur zu heiraten - ein smarter, wohlriechender Typ, dessen Düfte die Gefühlskälte und Egozentrik seiner Persönlichkeit übertünchten. Linda hatte die Empfehlung missachtet und war auf ein Gebilde aus Lügen hereingefallen.

Nach drei Jahren scheiterte die Ehe.

Die Angststörung, die ihr Partner bei jeder Gelegenheit ins Lächerliche zog, fungierte als Beschleuniger des Entfremdungsprozesses.

Der Kinderwunsch der jungen Frau blieb unerfüllt.

Nach der Scheidung stürzte sie sich in ein erotisches Abenteuer nach dem anderen.

Die Beziehungen hielten nicht lange und schlossen eine Familienbildung von vornherein aus.

Der Begriff „Liebe" geriet für sie zu einem Reizwort.

»Dir zuliebe? Was bedeutet das?«

Anstatt zu antworten, streichelte der Student ihr samtweiches Haar.

Linda richtete sich auf und glotzte in den dunklen Gang, der ihr die Luft zum Atmen raubte.

»Es ist nicht weit, etwa 350 Meter, dahinter befinden sich die Gemächer des Piloten.«

»Hoffentlich! Lange halte ich nicht durch.«

»Schau nicht in die Dunkelheit, sondern auf den Lichtkegel der Taschenlampe.«

Die Beauty nahm seine Hand und wagte es, tiefer in den Tunnel hineinzugehen.

Ein glitschiges Wesen schlängelte sich durch ihre Beine.

»Igitt!«

Es verschwand in einer Höhlung.

Der Boden wurde fester, das Gewölbe ging in ein Labyrinth aus Gängen oder Abzweigungen über, die im Nirgendwo endeten.

»Ein paar Schritte, dann hast du es geschafft«, log Lennard, der ahnte, dass die folgenden Minuten alles in den Schatten stellten, was er bislang in seinem Leben an Herausforderungen zu meistern hatte.

Mit der Taschenlampe leuchtete er das Labyrinth aus. Von der Decke tropfte Wasser, das sich in klebrigen Pfützen sammelte.

Linda verfiel in Apathie, trottete wie eine Nachtwandlerin hinter ihm her.

Nach zehnminütigem Herumirren beschloss der Rotschopf, aufzugeben und zum Ausgangspunkt zurückzukehren, verschwieg der Berlinerin aber sein Vorhaben, um sie nicht weiter zu beunruhigen.

Er verzweifelte an den unzähligen Biegungen und Abzweigungen, verlor jegliche Orientierung.

Die Taschenlampe flackerte - die Batterien neigten sich dem Ende zu.

»Oh nein! Was ist los? Du hast mir versprochen, dass wir bald am Ziel sind.«

Das Licht der Funzel verlöschte.

Das schwärzeste Schwarz, das sie je gesehen hatte, legte einen Schleier auf ihr Gemüt.

Totenstille – nur das Hecheln der Designerin fütterte das Verlies mit Verzweiflung.

»Elender… Lügner!«

Lennard tastete sich an der Wand entlang und stieß mit dem Kopf gegen poröses Gestein.

Es raschelte.

Etwas krabbelte am Hosenbein hoch.

Das Adrenalin schoss wie ein Stromschlag durch seinen Körper.

Beim Versuch, den Angreifer abzuwehren, geriet er ins Stolpern.

Mit dem linken Oberarm schlug er auf dem Boden auf.

Etwas Warmes, Nasses schleckte sein Gesicht ab.

Ein Winseln ertönte.

»Lucky?«

Der Hund zitterte vor Freude und schmiegte sich an. Lennard war befreit von der Schwerkraft, so erleichtert fühlte er sich.

»Los! Führe uns zu dem Piloten«, forderte er den Hund auf, erhob sich und verhalf seiner Begleiterin, die wie ein Betonklotz auf dem Boden ruhte, sich in die aufrechte Position zu begeben.

Mit wedelndem Schwanz führte der Hund das Paar durch das Labyrinth.

Er hatte im Flieger am Hosenbein des Finsterlings geschnuppert, dessen penetranten Geruch in der Riechschleimhaut gespeichert.

Durch die Ruhe des Hundes und der Hilfe des Studenten gelang es der Blondinen, die Panikattacke zu kontrollieren.

Sie wunderte sich über sich selbst und realisierte, dass es ein Fehler ist, Hindernissen auszuweichen oder unangenehme Situationen zu meiden.

Das Trio näherte sich einem Rundbogen, hinter dem ein niederfrequentes Brummen erklang.

»Das Heiligtum der Mondstation, der Raum mit den Computern«, flüsterte der Student.

Linda fasste ihn am Arm und schimpfte: »Falls ich jemals aus diesem Schattenreich herauskomme, will ich nie wieder etwas mit dir zu schaffen haben.«

»Das geht mir ähnlich, doch jetzt benötige ich deine Hilfe.«

»Ich weiß nicht, wie ich dich bei deiner Arbeit unterstützen kann. Für mich sind Computer Blechkisten mit Drähten und Platinen, durch die Strom fließt.«

»Nein, sie sind viel mehr. Sie sind mein Leben.«

»Okay! Wenn dem so ist, bleibe ich hier und stehe schmiere.«

»Das reicht nicht!«

»Was deutest du damit an?«

»Ich habe die Computer des Piloten analysiert. Es handelt sich um künstliche Intelligenz, um Quantencomputer einer Generation, die es auf der Erde nie gegeben hat. Sobald ich den Versuch unternehme, mich ohne Administratorenrechte einzuloggen, schlagen sie Alarm. Es geht nur, wenn du…«

»Wenn ich was?«

Sie schielte zu ihm hoch, zog an seinen roten krausen Haaren.

»Du lenkst den Piloten ab und umgarnst ihn mit deinem Charme.«

Die schallende Ohrfeige traf die linke Backe des Studenten wie ein Blitz aus heiterem Himmel.

»Autsch!«

Der Schmerzenslaut hatte fatale Folgen: Aus dem Hintergrund ertönten Schritte, jemand kam im Laufschritt auf die Streithähne zu.

»Ich hasse dich!«

Der Rotschopf gab ihr keine Antwort, sondern verschwand im Computerraum, wo er sich hinter einer gigantischen Monitorwand versteckte.

Der Boden erzitterte, Pieptöne erklangen, gaben sich förmlich die Hand.

Gab es Sensoren, die illegales Eindringen ins Herz der Finsternis registrierten.

Standen sie mit dem Piloten im direkten Kontakt?

Die Blondine richtete ihr Haar und erneuerte den feuerroten Lippenstift, der manchen Verehrer auf der Erde ins Verderben getrieben hatte.

Die Schritte kamen näher, sie spürte den Atem eines Wesens, das eine Aura von Kälte und Gefühllosigkeit verströmte.

Ein Verwesungsgeruch stieg ihr in die Nase.

Lucky schmiegte sich an ihre Beine.

»Oh, die vornehme Dame aus Berlin! Ich freue mich, sie in dieser Einsiedelei zu begrüßen. Was führt sie in mein Reich?«

Die Bassstimme des Finsterlings klang melodiös, wie eine Arie aus einer Verdi-Oper.

Linda überspielte ihr Unbehagen, hob das Kinn an und sagte: »Ich fühle mich nicht gut, bin beim Spaziergang zufällig in Ihre Gemächer gelangt.«

»Was bereitet der Dame Kopfzerbrechen? Sie sollte mir Dankbarkeit zollen, dass sie nicht zusammen mit den Menschen auf der Erde das Zeitliche gesegnet hat.«

»Mir liegt das Essen schwer im Magen. Immer nur Grünfutter oder Brei, das grenzt an Folter.«

»Champagner, Austern oder Garnelenspieße gefällig?«

»Ja, so etwas in der Art. Ein sonnenverwöhnter Tropfen aus der Bourgogne wäre auch nicht schlecht.«

»Umweltfrevler! Ihr habt durch euren maßlosen Konsum und eure Gier nach Rohstoffen die Erde in ein Tollhaus verwandelt. Jetzt kommt mir die Dame mit kulinarischen Genüssen, ha, ha, ha?«

Linda erschauderte ob des jähen, kalten Lachens - freudlos, aber voller Hohn.

Sie hatte den Mann auf dem falschen Fuß angetroffen.

Fieberhaft suchte sie nach Möglichkeiten, dem Treffen eine Wendung zu geben.

Wie ein Pfau stolzierte sie auf ihn zu und öffnete den oberen Knopf der Bluse.

Der Comandante schielte auf ihren Busen und zog sie zu sich heran.

Ein ausgesprochen attraktives Exemplar der menschlichen Spezies, dachte er.

Mit dicken, kurzen Fingern fummelte er an ihr herum. Die Blondine stieß ihn weg und fauchte: »Lassen Sie das! Für wen halten Sie mich?«

»Oh, Entschuldigung! Ich habe es nicht nötig, die Dame zu vergewaltigen.«

»Dann benehmen Sie sich wie ein Gentleman und nicht wie ein ungehobelter Klotz!«

Das saß - der Lüstling zuckte zusammen und gelobte Besserung.

Er führte die Beauty in seine Gemächer und bot ihr an, auf einem goldenen Thron Platz zu nehmen.

»Wenn es ihr beliebt, bediene sie sich an der Kaffeebar.«

In der Hochstimmung bemerkte er nicht, wie sich Lennard im Raum nebenan an die Geräte setzte, wo er die Schadsoftware implementierte, der das Computersystem des Pentagons zum Absturz gebracht hatte.

»Normalerweise sitze ich auf dem Sessel der Macht, doch heute Nacht ist der Dame dieser Platz vorbehalten. Ich bewundere ihren Mut sowie ihre Schönheit«, brummte der Comandante.

»Du erwartest doch wohl nicht, dass ich mit dem Mörder meiner Mutter und Freunde kokettiere?«

»Ich habe der siechen Frau eine Gnade erwiesen. Sie litt unter Schmerzen, die ohne mein Zutun unerträglich geworden wären. Der Rinderzüchter war ein Egomane, der die eigene Ehefrau in den Selbstmord getrieben hat, die Pensionärin eine Globetrotterin mit Bonuskarten diverser Fluggesellschaften.«

Der Lüstling heftete den Blick an die langen schlanken Schenkel der Beauty.

Sie spürte sein Verlangen, schlug die Beine übereinander und wich den Blicken aus.

Die Xanthippe ist schwer zu knacken, dachte er und bemühte sich, zum ersten Mal seit seiner Existenz ein Lächeln ins Gesicht zu schummeln.

Linda fror.

»Ich erlaube der schönen Frau, mich zu duzen.«

»Wie nett von Ihnen!«

Mit belegter Stimme fuhr er fort: »Könnte die Dame sich vorstellen, mit mir das Leben zu teilen?«

Sie erschauderte und sagte: »Soll ich zur Frau im Mond mutieren?«

»Ich ernenne die Dame zu meiner Assistentin, lege ihr das Universum zu Füßen.«

»Ihr Vertrauen in meine Fähigkeiten ehrt mich, doch ich bin ein Mensch aus Fleisch und Blut. Sobald ich einen Schritt nach draußen setze, ersticke ich oder verglühe wie ein Komet im Meteoritenhagel.«

»Das stimmt nur teilweise, denn ich biete ihr etwas, wonach sich die Menschheit seit Anbeginn ihrer Existenz gesehnt hat.«

»Das wäre?«

»Ich gewähre ihr die Unsterblichkeit. Sie wird ewig schön bleiben und nie altern.«

Wie Wildblütenhonig klebten die Worte in ihren Gedanken.

Das Angebot toppte alles, was ihr jemals zu Ohren gekommen war.

Ewige Schönheit, kein Alterungsprozess, kein Tod – wer kann dazu schon Nein sagen?

Linda zögerte, kämpfte gegen dunkle Gedanken, in ihrem Innern brodelte es wie in einem Vulkan.

Nach reiflicher Überlegung reckte sie den Kopf nach oben und sagte im Brustton der Überzeugung: »Das ist wahnsinnig verlockend, aber ich habe Freunde, die mir ans Herz gewachsen sind. Der Student aus Minnesota, ein netter Reiseleiter sowie ein Mönch auf der Suche nach Erleuchtung.«

»Allesamt Idioten! Der Chinese genießt süße Träume. Die beiden anderen warten darauf, dass ich sie küsse. Diese Jammergestalten liegen in den letzten Atemzügen. Dem Köter sauge ich das…«

»Unterstehen Sie sich! Das Tier steht unter meinem Schutz.«

Ein schriller Warnton erklang.

Im Raum nebenan schepperte es.

»Die Dame möge mich entschuldigen. Eine Fehlfunktion im Computersystem. Ich bin gleich zurück.«

Die Augen des Finsterlings glühten wie Holzkohlebriketts auf dem Grill.

Er zerdrückte seine bis zum Rand gefüllte Kaffeetasse aus Porzellan mit bloßen Händen.

Im Stechschritt marschierte er durch den Raum. Unvermittelt fiel er in die weit ausgebreiteten Arme der Beauty.

»Mein Liebster! Deine Offerte gefällt mir, aber es ist nicht nur das.«

Der Lüstling biss sich auf die Lippen und zischte: »Was fordert die Dame darüber hinaus?«

»Du hast mich falsch verstanden. Dein Angebot ist viel zu großzügig! Ich mag dich und liebe die Art und Weise, wie du mich behandelst. Auf der Erde bin ich von Männern immer nur ausgenutzt worden.«

Trotz des Ekels küsste sie ihn auf den Mund und legte den Kopf an seine Brust.

Sie lauschte nach dem Herzschlag, doch da war nichts außer Stille.

Die Worte schmeichelten dem Comandanten, er suhlte sich in einer Gefühlswelt, die ihm bislang verborgen geblieben war.

Er verdrängte die Geräusche im Computerraum und riss der Blondinen die Kleider vom Leib.

»Halt, nicht so hastig, Liebster! Ich schlafe niemals mit einem Mann, bevor ich mich nicht mit warmem Wasser abgeduscht habe.«

»Muss das sein? Die schöne Frau könnte doch im Anschluss…«

»Keine Widerrede! Wenn du mich von Herzen liebst, nimmst du dir 30 Minuten Zeit.«

Der Finsterling zögerte.

Zum ersten Mal seit seiner Existenz stellte ihm ein Mensch Bedingungen.

Ein Blick auf die wohlgeformten Brüste seiner Angebeteten besiegte alle Zweifel.

Mit ihr schaffe ich es, länger im Körper eines Menschen zu verweilen. Ihre Aura haucht mir ungeheure Kräfte ein, dachte er und gewährte ihr den Wunsch.

Er fiel auf seinen Thron, wo er vor Begierde bebte.

Linda knöpfte die Bluse zu und rannte mit dem Hund aus dem Zimmer.

Das schwarze Labyrinth tauchte auf.

Sie strauchelte, hatte das Gefühl, keine Luft zu bekommen.

Lucky winselte, liebkoste ihren linken Unterschenkel, stieß sie voran.

Sie atmete tief ein und folgte dem Hund, dessen Instinkte ihn durch die Dunkelheit führten.

Zunächst fiel es ihr schwer, Anschluss zu halten, zumal der Hund sich nicht umdrehte, sondern schnurstracks zu den Schlafkammern lief.

Die lahme hintere Pfote vermochte seinen Vorwärtsdrang kaum zu mindern.

Linda fürchtete sich davor, in der Finsternis die Kontrolle über Körper und Geist zu verlieren.

Doch sie fühlte nichts, kein Engegefühl, kein Brechreiz, keine motorischen Störungen.

Durch die Extremsituation auf dem Mond hatte sie die Phobie überwunden, die Angst abgestreift, wie einen zu eng gewordenen Hosenanzug.

Nach fünf Minuten erreichten Mensch und Tier die Küche.

Ein kurzer Blick hinein – das Herz der Designerin schlug noch schneller als zuvor.

Alexandra lag exakt in der Position auf dem Boden wie zu dem Zeitpunkt, als Linda den Raum verlassen hatte.

Das Blut sickerte aus der Wade.

Träge und dickflüssig breitete es sich aus, wie die ins Tal fließende Lava eines Vulkans.

»Großer Gott! Wang hat die Frau einfach liegengelassen«, sagte sie zu dem Hund, doch der rannte weiter zu den Kammern.

Linda folgte ihm zähneknirschend.

Aus einem Raum ertönte der Obertongesang des Mönchs.

Mit mulmigem Gefühl im Bauch trat sie ein.

Tenzin hockte auf der Bettkante des Chinesen und hielt dessen Hand.

Auf dem Kopfkissen lag ein Meer von Mohnblumen, die schönsten, die sie je gesehen hatte.

Die Pflanzen verbreiteten einen Nelkenduft, der die Sinne betörte.

Ihr Herz stolperte, in den Ohren rauschte es, als ob sich ein Wasserfall den Weg ins Tal bahnt.

Linda nahm Blickkontakt mit Tenzin auf, doch der schüttelte mit dem Kopf.

Sie stürzte sich auf den Chinesen, versuchte, ihn wachzurütteln.

Vergeblich – er lag zwar mit geöffneten Augen im Bett, aber sein Blick schweifte an die Decke, an der der Schimmel blühte.

»Nein! Liang ist doch der gute Geist unserer Gruppe. Er darf nicht sterben!«

Die Worte gingen in ein Wimmern über.

Eine kalte Hand umfasste ihre Schulter.

Ihr lag ein Schrei auf den Lippen.

Jemand drückte zwei Finger auf ihren Mund.

»Liang ist tot! Der Pilot hat ihn eingeschläfert. Uns bleiben exakt 120 Sekunden Zeit, bis wir das Schicksal des Chinesen teilen.«

»Lennard?«

»Nein, ich bin der Finsterling.«

»Blödmann! Man macht keine Scherze im Angesicht des Todes. Ich darf gar nicht daran denken, wie du mich nach dem Ableben meiner Mutter verletzt hast. Dir mangelt es an Empathie.«

»Sorry, es liegt mir fern, den Mord an den Chinesen zu verharmlosen. Es ist nur so, dass er seit längerem Tod ist. Sein Körper ist bereits erkaltet.«

»Hast du die Computer…?«

»Nur für zwei Minuten. Für mehr hat es in der Kürze der Zeit nicht gereicht. Raus jetzt, sonst verfallen wir dem Duft des Mohns.«

Der Student drehte Linda um, bugsierte sie mit festem Griff aus dem Raum.

Sie riss sich los, denn sie war immer noch wütend auf ihn.

»Komm mit, Tenzin! Benötigst du eine Einladungskarte auf Tibetanisch mit der Unterschrift des Dalai Lama?«, fuhr Lennard den Mönch an.

Anstatt den Rat zu beherzigen, rannte der Geistliche zu seiner Kammer.

»Bist du wahnsinnig? Es gilt, keine Zeit zu verlieren«, gab die Berlinerin ihm mit auf den Weg.

»Er holt die Truhe. Es muss sich um etwas Einmaliges, etwas unvorstellbar Wertvolles handeln, sonst würde er niemals ein solches Risiko eingehen.«

100 Sekunden.

Die jungen Leute hechteten zum Hybrid-Gleiter, dessen Tür sich nach ein paar Klicks vom Smartphone des Amerikaners öffnete.

»Hast du schon einmal ein Flugzeug gesteuert oder zumindest Erfahrung mit Segelfliegern«, fragte Linda und schaute ihn von der Seite aus an.

»Ja, an der Universität gab es einen Flugsimulator.«

90 Sekunden.

Lennard versuchte, das Flugobjekt zu starten.

Es schepperte - der Anlasser verweigerte den Dienst.

»Bei der Hinreise hat uns ein Schlepper in den Berg gezogen. Ohne das Gefährt bleibt uns nichts anderes übrig, als den Raumgleiter mit Muskelkraft nach draußen zu schieben«, sagte Linda.

»Da stimme ich dir ausnahmsweise zu. Das war im Übrigen auch nicht der Sensor für den Anlasser. Tenzin, wo bleibst du nur?«

Anstelle des Tibeters stürmte Lucky durch das Gewölbe und sprang in das Raumschiff.

»Wenigstens einer, der den Ernst der Lage begreift«, spottete der Student.

Nach einer Viertelminute bangen Wartens tauchte der Mönch mit der Holztruhe auf, die er wie ein Baby auf den Armen balancierte.

»Du musst die Untertasse anschieben!«

Lennard führte die entsprechende Handbewegung aus und atmete tief durch, als Tenzin der Aufforderung endlich nachkam.

60 Sekunden

Entgegen der Befürchtung der Flüchtenden ließ sich der Raumgleiter wie ein Spielzeug dirigieren.

Nach ein paar Klicks vom Smartphone des Studenten glitt das Tor zur Außenwelt auf.

Es stand weit offen, wie eine Einladung.

Eiseskälte schlug ihnen entgegen.

Der Amerikaner schaltete die Elektromotoren ein, die ihre Arbeit kaum hörbar verrichteten.

40 Sekunden.

Der Raumgleiter setzte sich in Bewegung, im Zeitlupentempo näherten sich die Erdlinge dem Ausgang, der in die Ungewissheit führte.

Hinter ihnen ertönte Wolfsgeheul.

Der Comandante stürmte auf die Flüchtenden zu, in der rechten Hand einen Strauß mit Mohnblumen, deren Duft das ganze Gewölbe ausfüllte.

»Dafür wird die Dame büßen! Für sie habe ich mir etwas ganz Besonderes ausgedacht. Sie erhält ausreichend Zeit, um im Verlauf ihrer ewig währenden Sterbephase über das Wesen der Liebe nachzudenken.«

20 Sekunden.

Linda zeigte dem Finsterling den Stinkefinger und verspottete ihn.
»Nicht nachlassen, Tenzin!«, schrie Lennard.
Der Raumgleiter nahm Fahrt auf, Aufwinde erfassten ihn und hoben ihn vom Boden ab.
»Komm jetzt! Ich zieh dich hoch. Lass die verdammte Kiste fallen. Sie ist viel zu schwer.«
Der Mönch geriet ins Straucheln.
Mit letzter Kraft schleuderte er die Truhe ins Innere des Hybrid-Gleiters.
Sie landete auf dem Schwanz von Lucky, der sich jaulend unter die hintere Sitzbank verzog.

Das Tor fiel herunter - das Zeitfenster für die Flucht war geschlossen.
»Schnell! Reich mir die Hand!«
Finger berührten sich, lösten sich aber sofort wieder voneinander.
Die Schwerelosigkeit zog dem Mönch den Boden unter den Füßen weg.

Wie ein Federball trudelte er durch das All, rang nach Luft und gefror zu Eis.

»Tenziiin…!«

Die Zeit stand still.

Die letzten Menschen im Universum nahmen sich in den Arm und weinten.

Mit den Armen rudernd tauchte der Comandante am Tor auf.

Vor Wut nagte er an den Wangeninnenwänden, bis das Blut über das Kinn lief.

Auf der Brust bildete sich ein schwärzliches Gerinnsel.

Er verließ den menschlichen Körper und nahm die Gestalt eines Blutegels an.

Fliegt hoch zu den Gestirnen und versucht, den Himmel zu berühren. Ein Menschenleben ist nicht mehr wie ein Wimpernschlag. Ich freue mich darauf, mir eure Energie einzuverleiben.

Sternenträumer

Mit schierem Entsetzen sahen die jungen Leute, wie Tenzin als winziger Punkt mit dem Universum verschmolz.

»Ich wünsche ihm, dass er ins Nirvana eingeht. Dann ist er an dem Ort, nach dem er sich zeitlebens gesehnt hat«, flüsterte Linda, die den Mönch, seit dem Einsatz bei der Beerdigung ihrer Mutter, verehrte.

Die Gesichtszüge des Amerikaners wirkten versteinert, die langen, filigranen Finger zitterten wie Grashalme im Wind.

Er machte sich Vorwürfe, dass er Tenzin den Auftrag erteilt hatte, den Raumgleiter anzuschieben.

Die lebensgefährliche Situation, in der sich Tenzin befunden hatte, war dem Studenten jederzeit bewusst gewesen.

Dass auch die Truhe dazu beigetragen hatte, den Einstieg in die Kabine zu erschweren, vermochte die Schuldgefühle nicht zu mindern.

Linda las in seiner Mimik, in welchem Ausmaß er unter dem Tod des Mönchs, der in seinem gesamten Leben weder einem Menschen noch einem Tier etwas zuleide getan hatte, litt.

Die Beauty schmiegte sich an den jungen Mann, drückte ihn fest an ihre Brust, fuhr mit der Hand über sein Gesicht mit den Sommersprossen.

Im Bauch kribbelte es, die Abneigung verwandelte sich allmählich in Zuneigung, obwohl sie nicht wusste, inwieweit der Rotschopf ihre Gefühle erwiderte.

»Jetzt sind wir allein und müssen versuchen, miteinander auszukommen«, sagte sie.

»Ja, ich weiß. Es wird nicht einfach.«

Der neue Tag triefte vor Ungewissheit.

Die Sonne beschien das All, das einem in allen Schattierungen des Farbspektrums schillernden Korallenriff glich.

Die Umlaufbahn des Mondes war lichtdurchflutet, als ob jemand eine stärkere Birne in den Himmel gedreht hätte.

Niemand trauerte dem Untergang der Erde nach.

Es gab Alternativen im Überfluss: über eine Billion Galaxien mit jeweils rund 100 Milliarden Sternen.

Die letzten Überlebenden der menschlichen Spezies realisierten, wie klein und unbedeutend sie im Angesicht des Universums waren.

Turbulenzen setzten ein, die die Mägen der Himmelsstürmer zum Kollabieren brachten.

Lucky rekelte sich mit heraushängender Zunge im Fonds des Raumgleiters und hechelte wie nach einem Hunderennen im Hochsommer.

Lennard beobachtete die Giftwolke, die sich zigtausende von Kilometern unter dem Flieger durch das All schob.

Sie blitzte nicht mehr, sondern verharrte regungslos oberhalb des Mondes.

Linda schlief im Sitzen, wie eine Primadonna, die in der Opernpause Kraft für den letzten Akt sammelt.

Ihre ohnehin blasse Gesichtsfarbe wirkte eine Spur fahler als üblich.

Gelegentliche Seufzer, abrupt und schrill, dokumentierten, dass sie unter Albträumen litt.

Die Finger des Studenten flogen über das Eingabegerät des Bordcomputers.

Er probierte alle Tricks aus, um sich Zugang zur Zentraleinheit zu verschaffen, doch der Quantencomputer widerstand allen Versuchen, ihn zu hacken.

Die Maschine speicherte Daten in Quantenbits ab, die sich nicht nur in einem Zustand wie null und eins, sondern in beiden gleichzeitig befanden.

Der Amerikaner holte alles aus sich heraus, was in ihm steckte, kämpfte gegen die Verzweiflung und den Computer an.

Wie zuvor in den Gemächern des Finsterlings implementierte er den Virus aus der Datenbank des Smartphones.

Das mittlere Anzeigefeld des Cockpits flimmerte, es zischte, surrte, als ob ein Stromkabel durch die Luft schwirrt.

Das Hologramm eines Totenschädels tauchte auf, zunächst unscharf wie ein verwackeltes Bild, dann deutlich und prägnant.

Der Student sprang vom Sitz auf.

Eine blecherne Stimme erklang: »Na, Lennard! Wieder mal auf die Schnauze gefallen mit dem Versuch, in feindliche Computerwelten einzudringen?«

»Was... ist das?«

»Die korrekte Fragestellung lautet: Wer spricht mit mir?«

»Meinetwegen!«

»Ich bin Morti, dein Begleiter bei der Sternenreise. Ich bin in der Lage, Antworten auf alle Fragen zu geben.«

»Woher kennst du meinen Namen?«

»Ich habe den Messenger deines Smartphones ausgelesen. Es grenzt an Schwachsinn, auf dem Gerät persönliche Daten abzuspeichern.«

Lennard realisierte, dass Morti Fähigkeiten besaß, die es in dieser Form auf der Erde nie gegeben hatte.

»Was erwartest du von mir?«, fragte er und fürchtete sich insgeheim vor der Antwort.

»Du musst dich als Administrator legitimieren, dann stehe ich dir zu Diensten.«

Lennard legte den Daumen der rechten Hand auf den Touch ID-Sensor, wohl wissend, dass sein Fingerabdruck in keiner Weise dem des Finsterlings entsprach.

»Willst du mich für dumm verkaufen? Komm mir nicht mit miesen Tricks aus der Steinzeit der digitalen Welt! Gibt mir die Iris deines linken Auges.«

Die Webcam blinkte.

Der Student nahm die Hockstellung ein.

Er blinzelte in die Kamera.

Das Blut schoss ihm in den Kopf.

Er vermutete, dass der Computer über Instrumente verfügte, Hacker zu eliminieren, und fürchtete um sein Augenlicht.

»Ich kann nicht nur deine Nervosität messen, sondern auch die Gedanken lesen. Ha, ha, ha!«

Der Puls des Studenten schnellte in die Höhe.

Die Fehlermeldung *„access denied"* poppte auf.

»Du hast keinerlei Berechtigung, meine Dienste in Anspruch zu nehmen. Ich fliege dich zurück zum Mond, zum Comandanten, der sich wie ein Kind darauf freut, euch in Empfang zu nehmen.«

»Nein, das ist nicht nötig! Ich finde mich auch ohne deine Hilfe im All zurecht. Du bist nichts weiter als ein Geflecht aus Platinen und Qubits, die von angelernten Arbeitern aus Fernost zusammengefügt wurden.«

»Unverschämter Lümmel! Ich bin die Krone der digitalen Welt, verfüge über Fähigkeiten, von denen du nicht einmal zu träumen wagst. Einen solch schwachen Geist wie dich, findet man im ganzen Universum nur äußerst selten.«

»Das musst du gerade sagen! Du bist ein Hochstapler der übelsten Sorte!«

»Noch eine impertinente Bemerkung und ich aktiviere den Schleudersitz.«

Auf der Armlehne des Sitzes leuchtete eine Batterie von Dioden auf, die die Drohung mit Leben füllte.

Mit gerunzelter Stirn suchte Lennard nach Möglichkeiten, die künstliche Intelligenz zu überlisten: »Dann offenbare mir deine Genialität! Beantworte mir Fragen, die mir seit Anbeginn der Reise durch den Kopf gehen.«

Der Student startete eine Tiefenmeditation, deren Grundzüge er von Tenzin gelernt hatte, um die wahren Absichten durch Gedankenfreiheit zu verschleiern.

»Das ist für mich ein Kinderspiel!«

»Behauptungen! Beweise es!«

Morti reagierte nicht.

Der Informatikstudent vermutete, dass der Computer den Plan durchschaut hatte und trommelte mit den Fingern auf den Monitor.

Sekunden verwandelten sich in Minuten.

Die digitale Anzeige des im linken Monitor integrierten Chronografen schien stillzustehen.

Es piepte.

»Okay! Ausnahmsweise gewähre ich dir die Möglichkeit, mir drei Fragen zu stellen. Während des Spiels navigiere ich das Raumschiff auf kürzestem Weg zur Mondoberfläche.«

»Einverstanden!«

Linda rekelte sich auf dem Stuhl und blinzelte mit den Augen.

Verschwommen nahm sie den grinsenden Totenschädel auf dem Monitor wahr.

Sie verspürte den Drang, Darm und Blase zu entleeren, doch Lennard zwinkerte ihr zu und hielt eine Handfläche auf den Mund.

Die Blondine verstand das Zeichen.

Sie stellte sich schlafend.

Lennard wandte sich wieder dem Computer zu und formulierte die erste Frage: »Gibt es im Universum Planeten, auf denen menschliches Leben möglich ist?«

Ein schallendes Gelächter setzte ein und zerrte am Nervenkostüm des Studenten.

Der Schädel auf dem Bildschirm klapperte mit den Zähnen und wackelte mit dem Kopf wie ein Bewohner des indischen Subkontinents.

»Einfaltspinsel! Es gibt ganze Galaxien, die der Erde ähneln. Auf den Planeten leben Wesen, die euch Menschen an Intelligenz bei weitem übertreffen. Um ihre Namen und Koordinaten aufzulisten, benötige ich eine Unmenge von Excel-Tabellen sowie Zeit, die wir beide nicht besitzen.«

Lennard zog den Mundwinkel hoch, um ein Lachen vorzutäuschen.

Fieberhaft suchte er nach einer Frage, die ihm die Möglichkeit eröffnete, woanders eine neue Existenz aufzubauen.

Nach der Gedankenpause stellte er die alles entscheidende Frage: »Identifiziere den Planeten, wo menschliches Leben möglich ist, Nahrung und Wasser im Überfluss vorhanden sind, es keine Tiere, Pflanzen oder sonstige Wesen gibt, die dem Menschen schaden, eine mittlere Temperatur von 20 Grad Celsius herrscht und unser Mond nicht weit entfernt ist.«

»Oh, la, la! Man verlangt viel für einen Intruder.«

Die Blechkiste glühte - Lennard befürchtete, dass die künstliche Intelligenz die Befragung vorzeitig abbrach.

Er hatte sich getäuscht – Morti hielt sich an Spielregeln.

»Ihr bezeichnet ihn mit der Kurzformel „M31".«

»Nie gehört! Bitte beantworte die Frage vollständig.«

»Es handelt sich um einen Planeten in der Andromeda-Galaxie, deren Sterne gleich hinter der Milchstraße ihre Bahnen ziehen. Hier sind die Zielkoordinaten.«

Der Informatikstudent deckte die Webcam mit dem Körper ab, zuckte sein Smartphone und fotografierte die Daten.

»So, jetzt ist aber Schluss! In zehn Minuten landen wir auf der Rückseite des Mondes. Der Comandante lässt ausrichten, dass er dich auf eine Tasse Cappuccino aus frisch gemahlenen Bohnen einlädt. Wie lautet deine letzte Frage?«

Lennard schaute aus dem Cockpit.

Er bemerkte zu seinem Entsetzen, wie der Comandante den Landeplatz mit Licht flutete.

»Wie weit ist M31 von hier entfernt und wie schafft man es, die Distanz schnellstmöglich zu überwinden?«

»Nur 2,5 Millionen Lichtjahre. Bezogen auf das Weltall handelt es sich um eine Kurzstrecke. Dennoch ist die Reise mit diesem Raumgleiter nicht zu bewältigen, es sei denn…«

»Wenn nicht was? Vorhin hast du behauptet, dass du in der Lage bist, alle Fragen zu beantworten. Jetzt halte dein Versprechen ein oder hast du wieder einmal geflunkert?«

»Hüte deine Zunge, Erdling, sonst bringe ich dieses Flugzeug zum Absturz. Aber da ich dich ohnehin in neun Minuten meinem Administrator übergebe, kommt es auf eine Information mehr oder weniger nicht an.«

»Dann schieß mal los.«

»Schneide mir nicht das Wort ab, Dummkopf! Die Wolke, die die Erde vernichtet hat, besitzt unvorstellbare Kräfte. In ihr konzentriert sich die gesammelte Energie des untergegangenen Planeten. Wenn man mit diesem Hybridgleiter in sie hineinfliegt und den Schlafmodus aktiviert, schafft man die Strecke in dreieinhalb Jahren.«

»Was ist der Schlafmodus?«

»Sorry! Dir standen lediglich drei Fragen zu. Bereite dich auf dein Ende vor. Hör endlich auf, mich zu nerven!«

»Ich wundere mich darüber, dass du überhaupt welche besitzt.«

Am Horizont des Erdtrabanten tanzten senkrechte Strahlen, die den Amerikaner an Polarlichter erinnerten, die er vor Jahren am Yukon-River beobachtet hatte.

Die Strahlen fokussierten sich.

Sie steuerten den Landeprozess des Gleiters.

In Windeseile zauberte der Student eine App nach dem andern aus dem Repertoire, um die Kontrolle über den Computer zu erlangen, doch die Firewall blockierte den Zutritt.

Virus detected
Virus detected
Virus detected…

Den Versuch, Morti vom Netz zu nehmen, quittierte dieser mit spöttischem Kichern, das dem jungen Mann das Blut in den Adern gefrieren ließ.

Das letzte Quantum Hoffnung schmolz dahin wie eine Schneeflocke in der Sonne.

Er rief nach seiner Begleiterin, doch die hatte den Ernst der Lage längst erkannt und machte sich an der Truhe des Mönchs zu schaffen.

»Nein, mach das nicht! Wer weiß, welches Geheimnis die Kiste hütet. Ich verspüre kein Verlangen, die Dämonen der tibetanischen Mythologie aus ihrem Gefängnis zu befreien.«

Die Beauty missachtete die Warnung, strafte ihn mit verächtlichen Blicken.

Mit spitzen, lackierten Fingernägeln griff sie in die Pfalz des Deckels und versuchte, die Truhe aufzuhebeln.

Vergeblich – der Nagel des Zeigefingers brach ab.

»Mist!«

In ihrer Verzweiflung nahm Linda das Heiligtum des Mönchs in beide Hände, hievte es in die Höhe und stemmte es über den Kopf.

Mit voller Wucht schleuderte sie die Truhe auf den Boden, wo das morsche Holz in tausend Stücke zersplitterte.

Es staubte, ein muffiger, säuerlicher Geruch breitete sich aus.

Lucky stürmte heran und schnupperte an den schäbigen Resten.

Linda kniete sich nieder.

Sie befreite den herausgefallenen Gegenstand von Holzsplittern und einer feinen Staubschicht.

Sie riss die Augen weit auf und stammelte: »Das Tibetanische Totenbuch… in der Originalversion… aus dem achten… Jahrhundert.«

»Was hast du gesagt?«

Lennard erhob sich vom Sitz.

Er hatte jeglichen Einfluss auf die Geschehnisse an Bord verloren.

Der Autopilot führte den Raumgleiter auf einer geraden Linie zur Mondstation des Finsterlings.

»Wir müssen vorsichtig sein, sonst zerfällt das Buch zu Staub«, warnte die Berlinerin.

»Woher kennst du den Schmöker?«

»Meine Mutter hat die deutsche Übersetzung mit nach Tibet genommen. Sie wusste, dass ihr Tod kurz bevorstand. Das Buch ist eine Art Reiseführer für das

Jenseits. Außerdem gibt es Anweisungen für die Suche nach einem neuen Körper, in dem der Verstorbene wiedergeboren werden kann.«

»Na, dann ist es für uns ja eine Pflichtlektüre.«

»Es handelt nicht nur vom Sterben, sondern auch vom Leben sowie von der Liebe.«

»Die Liebe…?«

Wie ein Messer rauschte der Begriff durch das Gehirn des Studenten.

Er fragte sich, ob er den Verstand verloren hatte, oder seine Eingebung eine Möglichkeit eröffnete, Morti zu überlisten.

Er fingerte nach dem Smartphone und aktivierte die Scanner-Funktion.

»Wo befindet sich der Text mit der Liebe?«

»Das siebte Kapitel trägt die Überschrift „Bedingungslose Liebe".«

Der trockene, rissige Einband knarrte, als der Rotschopf das Buch auf der Suche nach besagtem Kapitel aufschlug.

Er blätterte die Seiten um, zählte die Hauptüberschriften, denn er war nicht in der Lage, die tibetanischen Zahlen zu interpretieren.

»Finger weg! Das Buch zerfällt zu Staub«, schrie Linda und schubste ihn zur Seite.

Mit langen Fingernägeln und höchster Konzentration gelang es ihr, das Kapitel mit der Liebe ausfindig zu machen.

Lennard scannte die ersten zwei Seiten.

»Stopp, sofort aufhören! Für weitere Abschnitte reicht unsere Zeit nicht! Wir haben nur noch fünf Minuten«, warnte sie, zumal sie keine Ahnung hatte, welchem Zweck die Aktion diente.

Der Student hechtete zurück zum Pilotensessel und aktivierte den Lesemodus des Smartphones.

Es klang etwas blechern, nicht ansatzweise so melodiös wie bei Tenzin, doch es handelte sich um lupenreines Alttibetanisch.

Die jungen Leute verstanden kein Wort.

Demgegenüber bereitete es Morti keinerlei Probleme, das Gesagte in Sekundenbruchteilen zu verarbeiten, denn er besaß Übersetzungsprogramme für alle 6.500 Sprachen einschließlich ihrer historischen Varianten, die es auf der Erde je gegeben hatte.

Es flackerte - das Warnsignal des Computersystems trieb dem Studenten das Blut in den Kopf.

»Was sind das für Begriffe? Seelenwanderung, Bardo Thödröl oder Transzendenz? Was versteht man unter Liebe? Kann man sie berechnen?«, fragte Morti, dessen Stimme eine Oktave höher als üblich erklang.

»Selbstverständlich ist das möglich, aber man benötigt Fähigkeiten, die nur Menschen aus Fleisch und Blut besitzen.«

»Arroganter Pinsel!«, zischte Linda, doch jetzt dämmerte es ihr, welches Ziel der Amerikaner verfolgte.

»Die Liebe ist der Pulsschlag des Universums«, ergänzte sie und baute sich vor Morti auf.

»Was???«

»Wie! Wusstest du das nicht?«, fragte Lennard.

Schweigen – der Computer brannte vor Wissbegierde und Begehren.

Mit voller Kapazität suchte er nach Prozeduren, um den Schlüsselbegriff zu berechnen.

Drähte liefen heiß, Platinen glühten, doch Morti fand keinen Algorithmus zur Lösung der Aufgabe.

Schließlich ratterte er los: »Rück das Programm zur Berechnung der Liebe raus, aber dalli!«

»Kein Problem«, log der Amerikaner. »Du wirst zu einem Gott, der über das Universum herrscht. Vielleicht gelingt es dir sogar, eines Tages den Comandanten vom Sessel der Macht zu vertreiben. Aber in der digitalen Welt hat alles seinen Preis.«

»Du wagst es, mir Bedingungen zu stellen?«

»Nichts liegt mir ferner als das! Räume mir Administratorenrechte ein, dann übergebe ich dir die App zur gefälligen Nutzung.«

»Wozu benötigst du die Rechte, Schurke?«

»Die App ist äußerst komplex«, log Lennard. »Ich muss einen Treiber für die Quantenbits installieren. Das funktioniert nur, wenn ich kurz in das Systemlaufwerk eingreife.«

Sprechen und Meditation gingen Hand in Hand - Lennard unternahm alles, damit Morti die List nicht durch seine Kompetenz, in fremde Gedankenwelten einzudringen, offenlegte.

»Wie viel Zeit benötigst du, um den Vorgang abzuschließen?«

»Es dauert nicht lange, die App befindet sich auf dem Smartphone. Als Profi reicht mir eine Minute.«

»Ich gewähre dir eine Zeitspanne von exakt 30 Sekunden. Falls du dich danach immer noch nicht vom System abgemeldet hast, brate ich dich wie ein Schwein im Erdofen.«

Die Raumtemperatur im Flieger schnellte in die Höhe.

»Ich hole dir die Sterne vom Himmel und mache alles, was du befiehlst.«

„Passengers, prepare for Landing", tönte es aus dem Lautsprecher.

Zeitgleich poppte der rotunterlegte Schriftzug *„Login Successful"* auf dem Monitor hoch.

Lennard zögerte keine Sekunde.

Er fuhr den Computer herunter, schaltete den Autopiloten ab, aktivierte die manuelle Steuerung des Raumgleiters.

Mit der Kaffeekanne zertrümmerte er das Display, unter dem sich das Herz des Computers, der Mikroprozessor befand, riss ihn mit bloßen Händen heraus, zermalmte die zappelnden und sich in alle

Richtungen windenden Einzelteile mit den Schuhsohlen.

Das Raumschiff ruckelte, trudelte wie ein Papierflugzeug durch die Luft, steuerte aber nach wie vor auf die Mondoberfläche zu.

Alles deutete auf einen Crash hin.

Lennard fuhr die Flügel aus, wodurch sich der Gleiter ein wenig stabilisierte.

»Bravo! Ich weiß zwar nicht, ob das jetzt noch von Bedeutung ist, aber du hast das Monstrum besiegt«, sagte Linda, die den Kampf mit offenem Mund und weichen Knien verfolgt hatte.

»Sei dir nicht zu sicher. Morti besitzt Fähigkeiten, die sich dem Verstand des Menschen entziehen. Er lernt in einer atemberaubenden Geschwindigkeit dazu. Ich befürchte, dass er alles unternimmt, um die Kontrolle zurückzuerlangen.«

»Das ist schwer vorstellbar. Er ist doch nichts weiter als ein Häufchen Silizium. Kennst du dich mit der Technik von Raumgleitern aus?«

»Klar! Es gibt ein Computergame, dass ich auf der Spielemesse in Las Vegas getestet habe.«

»Wie witzig! Nerv mich nicht mit deinem platten Humor. Wenn es dir nicht gelingt, den Crash auf dem Mond zu verhindern, falle ich in ein paar Sekunden der Rachsucht des Lüstlings anheim. Es gibt nichts im Universum, das er mehr hasst als mich.«

Zum Beweis deutete sie mit der rechten Hand aus dem Raumgleiter.

Am Horizont tauchte die Silhouette des Finsterlings auf.

Er fuchtelte mit den Armen und legte den Zeigefinger quer unter den Adamsapfel.

Der Raumgleiter verlor erneut an Stabilität, die Flügel zitterten, standen kurz davor, auseinanderzubrechen.

Linda schrie wie am Spieß.

Sie schloss mit dem Leben ab.

Lennard blieb gelassen, so wie er es von Tenzin gelernt hatte.

Er zog den Steuerknüppel zu sich heran, wodurch er im letzten Moment den Aufprall auf dem Mond verhinderte.

Mit vollem Schub schlug er die Richtung ein, wo einst der Blaue Planet seine Bahn gezogen hatte.

Die Wolke, die für deren Zerstörung verantwortlich war, lag wie ein silbrig glänzendes Band im All.

Es bewegte sich nicht von der Stelle.

War sie die Rettung? Reichte ihre Kraft aus, um die jungen Leute in eine Galaxie zu befördern, die Lichtjahre vom Mond entfernt lag?

Der Comandante realisierte, dass die letzten Überlebenden der menschlichen Spezies den Spitzencomputer des Universums überlistet hatten.

Sein Hass wuchs ins Unermessliche.

Er verwandelte sich in einen Blutegel und kroch durch den staubigen Boden des Mondes, um sich von Mikrobakterien zu ernähren.

Zeit ist mein Besitz.

Jeder Sekundenschlag reißt die letzten Menschen näher an das Sterbebett heran.

Ich zermalme die Naturzerstörer zu Sand, wo immer sie sich auch verschanzen.

Andromeda calling

Lennard galt unter seinen Freunden als spontan und entscheidungsfreudig, stand neuen Entwicklungen oder Aufgaben aufgeschlossen gegenüber.

Wenn es eine Mauer gab, dann blieb er nicht vor der Wand stehen, sondern kletterte hoch, um nachzuschauen, was sich dahinter verbarg.

Doch ausgerechnet bei der größten Herausforderung des Lebens verließ ihn der Mut, geriet die Gelassenheit, die ihn Tenzin gelehrt hatte, in Vergessenheit.

Anstatt in die Wolkenfront hineinzufliegen, hielt der Amerikaner inne.

Er geriet ins Grübeln.

Ihm fielen die Worte der Mutter ein, die ihm auf dem Sterbebett geraten hatte, keine unnötigen Risiken einzugehen und nichts dem Zufall zu überlassen.

Er fürchtete sich vor Morti, vermutete, dass der Computer die letzten Menschen des Universums in eine Falle lockte.

Schließlich hatte die Wolke die Zerstörung der Erde bewirkt.

Aus Sicht des Amerikaners erschien es unwahrscheinlich, dass aus der Front etwas Positives resultierte.

Zudem irritierte ihn ihr Aussehen, sie unterlag ständigen Mutationen.

Form und Farbe veränderten sich, sie gewann an Strahlkraft, verwandelte sich in eine Mischung aus Gelbtönen mit türkisen Tupfern und einem grünlichen Pistazienton, der so künstlich aussah wie aufgeblasene Marshmallows mit Farbstoff.

»Was ist los mit dir? So kenn ich dich nicht! Du stürzt uns ins Verderben«, schrie Linda und deutete auf den Ladezustand des Akkus.

Lediglich 0,1 % der Speicherkapazität verblieben.

Der Comandante hatte durch den gescheiterten Versuch, sich die Designerin gefügig zu machen und den daraus resultierenden Unannehmlichkeiten das Aufladen auf der Mondstation vergessen.

»Oh, nein! Soll ich denn wirklich…?«

»Du musst!«, schrie Linda, die insgeheim den Verdacht hegte, dass Morti in die Gedankenwelt des Amerikaners eingedrungen war und dessen Geist vernebelte.

Lennard schob die Nickelbrille auf seine Nasenspitze und äugte über die Gläser, die durch die turbulente Flucht an mehreren Stellen Risse aufwiesen.

Er realisierte, dass seine Meinung über die Blondine zu voreilig war, die äußere Erscheinung täuschte.

Unter der Fassade der Beauty schlug ein tapferes Herz, das darauf wartete, sich aus den Fesseln zu befreien.

Er bewunderte sie dafür, wie sie die Phobie in den Griff bekommen und den Comandanten ausgetrickst hatte.

Der Student nahm sich an ihr ein Beispiel und hielt auf die Wolkenfront zu.

Er schloss die Augen, das Universum verlor an Tiefe. Schlagartig setzte Dunkelheit ein, es ruckelte wie neben einem Presslufthammer in der Fußgängerzone.

»Festhalten!«, brüllte er, doch es war zu spät.

Die Sicherheitsgurte lösten sich aus den Verankerungen.

Wie Pingpongbälle purzelten die jungen Leute durch die Raumkapsel.

Lucky krallte sich mit drei Pfoten an den Aufhängungen der Sitze fest.

»Die Koordinaten… für M31 eingeben… und dann… den Schlafmodus aktivieren«, lallte Linda.

Im Zentrum der Wolke nahm die Intensität der Stürme ab.

Lennard kroch, übersät mit Blutergüssen und Platzwunden, ins Cockpit.

Mithilfe des QR Code Readers übertrug er die Geo-Koordinaten für Andromeda von seinem Smartphone auf die Bordelektronik des Raumgleiters.

»Wo befindet sich der verdammte Schlafmodus?«

Beim Aussprechen des Begriffs leuchtete am Dachhimmel des Raumschiffs ein aus Ziffern und Zahlen bestehendes Passwort auf.

Hektisch gab er den Code in die Befehlsmaske des Cockpits ein.

Der Hinweis „*Vergessen Sie nicht, den Schlauch für die künstliche Ernährung durch die Nase einzuführen*", erschien auf dem Bildschirm.

Wie in Passagiermaschinen die Atemmasken, fiel er von der Decke herunter.

»Ich kann kein Blut sehen, mir... wird schwindelig«, stammelte Lennard und schob das Teil zur Seite.

Im Kindesalter hatte er Angst vor Zahnärzten oder anderen Weißkitteln gehabt, war schreiend aus den Behandlungszimmern gerannt - ein Grund, warum sein Vater ihn etwas spöttisch als „Warmduscher" bezeichnet hatte.

In den letzten Jahren verdrängte er die Angststörung, unternahm alles, um Situationen, bei denen die Gefahr bestand, dass Blut floss, zu vermeiden.

Ausgerechnet jetzt begriff er, dass es ein Fehler ist, sich den inneren Dämonen nicht zu stellen.

Ehe der Student sich versah, führte die Berlinerin den Schlauch in seine Nase ein.

»Aha! Es gibt also doch ein Persönlichkeitsmerkmal, das uns miteinander verbindet. Du erinnerst dich hoffentlich daran, was du mir in dem Labyrinth geraten hast, Hasenfuß?«

Er schluckte, hatte das Gefühl, zu ersticken.

Angst und Verzweiflung spielten in den Gesichtszügen Schach.

Linda ließ nicht locker, kniete mit dem rechten Bein auf seinen Brustkorb.

Mit voller Kraft drückte sie den Schlauch tiefer in das Häufchen Elend hinein.

Der junge Mann wischte sich das Blut aus dem Gesicht.

Er wünschte sich, er wäre Rancher geworden und würde am Abend nach getaner Arbeit mit dem Traktor nach Hause zuckeln, müde, aber glücklich zugleich.

»Geschafft!«, seufzte Linda und befahl Lucky, sich vor ihr auf den Boden zu hocken.

Winselnd ließ der Hund die Prozedur über sich ergehen.

Der Hinweis: „*Zehn Sekunden bis zur Aktivierung des Schlafmodus*" spiegelte sich am Dachhimmel.

Die Blondine versuchte, sich ebenfalls den Schlauch einzuverleiben, doch ihre lackierten Fingernägel beeinträchtigten die Motorik.

Immer wieder rutschte er aus der Nase heraus.

Groovende Stakkatotöne wie in einer Techno-Diskothek setzten ihr Adrenalin frei.

An der Fensterscheibe tauchte eine Sekundenanzeige auf - der Countdown begann.

10, 9, 8, 7, 6, 5, 4, 3, 2... Sekunden.

»Nein! Wenn du stirbst, bin ich der letzte Mensch des Universums. Es macht keinen Sinn, als Eremit woanders neu anzufangen«, brüllte Lennard und sprang auf, um ihr zu helfen.

Der Schlauch in seiner Nase verschob sich.

In letzter Sekunde gelang es der Blondinen, sich das Medium für die künstliche Ernährung, ohne fremde Hilfe, einzuverleiben.

Den jungen Leuten wurde schwarz vor Augen, als ob jemand den Ausschalter gedrückt hätte.

Die Zeit stand still, zerbröselte im Zwielicht des Alls.

Im Reich der Sinne

Dreieinhalb Jahre später kam Lennard wie nach einem künstlichen Koma zu sich.

Der Raumgleiter glitt durch eine Nebelwand mit violetten Farbschattierungen.

Der Weltraumpilot sah an sich herab und erschrak vor dem eigenen Erscheinungsbild.

Die roten Haare reichten ihm bis zum Bauchnabel, der Bart wucherte wie Unkraut auf einer Naturwiese.

Das Hemd schlotterte um den Leib, er glich einem bis auf die Knochen abgemagerten Grizzly-Bären nach dem Winterschlaf.

Durch die hektischen Bewegungen nach der Einführung hatte der Schlauch eine Schlaufe ausgebildet, wodurch die Nahrungsaufnahme nicht in der erforderlichen Menge erfolgt war.

Lennard kniff sich in den Arm.

Er versuchte, zu schlucken.

Die Kehle brannte, als ob ihm jemand Essiglösung eingeflößt hätte.

Neben ihm ertönte ein Stöhnen – Linda erwachte und glotzte ihn an.

»Wo… bin ich? Wer sind…Sie?«, stammelte sie und schickte sich an, sich vom Sitz zu erheben.

»Oh! Hast du mich schon nach dreieinhalb Jahren vergessen?«

Sie fiel zurück auf den Sitz, denn die zusammengeschrumpften Muskeln versagten den Dienst.

Auch sie war abgemagert, hatte ihr Traumgewicht von 50 Kilogramm um 20 % unterschritten.

»Andromeda! Ich glaube, wir sind in das Gravitationsfeld eines Trabanten geraten«, sagte Lennard zu sich selbst.

Er zog sich an der Lehne des Pilotensessels hoch.

Erst jetzt bemerkte er, dass der Schlauch für die künstliche Ernährung noch in den Atemwegen steckte.

Mit einem Ruck zog er ihn heraus, das Blut tropfte auf den Boden.

Anstatt sich, wie früher, davon einschüchtern zu lassen, robbte er rüber zu seiner Gefährtin, um sie ebenfalls von dem lästigen Teil zu befreien.

»Lassen Sie das!«, zischte sie und gab ihm eine schallende Ohrfeige.

»Autsch! Das ist das dritte Mal, dass du auf mich einschlägst.«

Wie ein Fallbeil rauschten die Erinnerungen durch ihr Gehirn.

Einiges wirkte unscharf und verschwommen, doch alles, was nach der Tibet-Reise geschehen war, schnellte wie ein Boomerang ins Gedächtnis zurück.

Linda richtete sich im Sitz auf.

Sie beugte sich nach vorn, um ihr Antlitz auf der reflektierenden Oberfläche des Cockpits zu betrachten.

Obwohl sie sich selbst nur schemenhaft wahrnahm, stammelte sie: »Oh nein! Das bin…doch wohl… nicht ich?«

Die Beauty hatte sich in eine ungepflegte Person mit klebrigen, verfilzten Haaren und einen penetranten Körpergeruch verwandelt.

Die Fingernägel mit dem prägnanten Blumenmuster waren abgebrochen – Folge des Kalziummangels im Verlauf der Sternenfahrt.

Sie entledigte sich des Schlauchs und schaute auf den Rotschopf, der sich wie ein Affe am Sitz festklammerte.

Er beobachtete den Nebel, der sich allmählich verflüchtigte.

Das Licht gab den Blick frei auf eine bizarre Himmelslandschaft, in der Planeten, groß wie Basketbälle, rotierend an dem Raumgleiter vorbeizogen.

Zwei Sonnen tauchten den Horizont in ein Farbenmeer.

Einige Planeten nahmen Fahrt auf.

Sie gerieten in das Gravitationsfeld eines schwarzen Lochs, das ihre Massen wie ein Magnet anzog.

Ein Wimmern ertönte, erst leise, kaum hörbar, dann lauter und stetiger, bis es in ein Heulen überging.

Lucky rekelte sich am Boden.

Er leckte sein Fell, das einer Klobürste glich.

Während sich die Deutsche um das Tier kümmerte, näherte sich mit hoher Geschwindigkeit ein Planet, der alle anderen an Größe übertraf.

»M31, das Zentrum der Galaxie«, jubilierte Lennard, der sich am Ziel seiner Träume wähnte.

Rotlicht illuminierte das Cockpit, zwei Sirenen ertönten gleichzeitig – sowohl die Kraft aus der Wolkenfront als auch der Ladezustand der Batterie neigten sich dem Ende zu.

Die Energie der Erde reichte nicht aus, um den Hybridgleiter bis zum Zielort zu geleiten.

Hatte Morti ihnen eine Falle gestellt, wiegte sie in Sicherheit, um sich kurz vor dem Ziel an ihrem Leiden zu ergötzen, so wie es dessen Administrator, dem Finsterling, ähnlichsah?

»Landen, aber schnell!«, schrie Linda.

Den Steuerknüppel zu sich heranziehen, die Flügel ausfahren, den Knopf für das Fahrwerk drücken, war eins.

Zum ersten Mal im Leben betete der Amerikaner zu Gott, obwohl er daran zweifelte, dass es ihn wirklich gab.

Eine Hochebene kam in Sichtweite.

Sie war flach wie eine Flunder, lediglich ein vereinzelter Baum stand der Landung im Weg.

Die Nase des Hybridraumschiffs senkte sich steil nach unten.

„*Brace, brace, brace*", tönte es aus dem Lautsprecher.

Atemlosigkeit regierte, in den Augen der jungen Leute spiegelte sich Todesangst.

»Verdammt! So kurz vor dem Ziel.«

Wie ein Stein fiel das Flugobjekt in die Tiefe.

»Beeil dich! Setz das Vehikel senkrecht auf dem Boden auf, so wie es sich für ein Raumschiff gehört.«

»Traumtänzerin! Ich habe keine Ahnung, wie das funktioniert. Der Flieger reagiert kaum noch auf Lenkmanöver. Wenn ich es schaffe, dann nur auf die konventionelle Art.«

Lennard fuhr das Fahrwerk aus und versuchte, den Gleiter nach oben zu ziehen.

Er verlor an Tempo, nahm eine flachere Flugbahn ein, doch der Absturz war nicht zu verhindern.

Kurz vor dem Aufprall touchierte er die Baumkrone. Das Geäst minderte den Crash ab.

Er trudelte durch die Luft, drehte sich wie ein Papierflugzeug um die eigene Achse.

Mit Getöse schlug der Gleiter auf, überschlug sich zweimal und kam zum Stillstand.

Trotz der Bruchlandung brach die Kapsel nicht auseinander, denn sie war offenbar für solche Extremsituationen ausgelegt.

Lucky winselte wie ein Pinscher, den sein Herrchen mit Fußtritten aus dem Haus jagt.

Die jungen Leute klammerten sich an den Armlehnen der Sitze fest.

Sie prüften, welche körperlichen Folgen der Absturz verursacht hatte.

Mit Erleichterung stellten sie fest, dass sie, bis auf einige Prellungen, unversehrt geblieben waren.

Sie lösten sich aus der Brace-Position, robbten zum Fenster, äugten nach draußen.

Der Hybridgleiter lag wie ein verwundetes Tier vor einer Abbruchkante, unter der sich eine Ebene ausbreitete.

Nichts rührte sich, nur der Wind spielte mit den Blättern des Baums, die sich sanft im Südwind wiegten.

Die Himmelsstürmer sahen sich schweigend an und fielen sich in die Arme.

»Noch mal gut gegangen«, seufzte Lennard.

»Darf ich dir ein Geheimnis verraten?«, hauchte die Blondine.

»Wenn es nicht wieder mit einer Ohrfeige endet, ja.«

»Ich habe dich am Anfang unserer Begegnung verachtet, weil du dich nicht gegen deinen Vater zur Wehr gesetzt hast. Doch jetzt dreht sich die Welt anders herum. Du hast mein Herz durch die Hintertür erobert. Würdest du mich zur Frau nehmen? Liebst du mich?«

Lennard zögerte die Antwort heraus, Gefühle liefen Amok, Endorphine schlugen Purzelbäume.

»Eine arrogante Zicke aus Berlin« war sein erster Eindruck bei der Begegnung über dem Hochland von Tibet gewesen, doch im Lauf der Zeit hatte er sie zu schätzen gelernt und erlag ihrem Charme.

Nach der List beim Comandanten hatte der Student die Blondine, ohne es sich einzugestehen, ins Herz geschlossen.

Er küsste sie auf den Mund, genoss das Hochgefühl, wenn zwei Menschenseelen zueinanderfinden, für die Vertrauen kein leeres Versprechen ist.

»Wer von uns steigt als Erster…?«

Linda unterbrach den Redefluss.

Ihre Finger glitten an seiner Brust herab, bis sie den Saum der Hose berührten.

Lennard stand in Flammen, schob die Zunge in ihren Mund – Geschmacksnerven berührten sich, nahmen begierig alles auf, was ihnen entgegenfloss.

Linda knöpfte seine Trekkinghose auf, zog den Reißverschluss ganz langsam herunter.

Das ungepflegte Erscheinungsbild der jungen Leute vermochte die Erregung nicht zu bändigen.

»An deinem Outfit müssen wir ebenso arbeiten wie an deinem Einfühlungsvermögen«, hauchte die Designerin.

»Das wird nicht einfach! Ich bin der Sohn eines Rangers aus dem mittleren Westen und bin vier Jahre jünger als du. Aber ich liebe dich mehr als meine Computer.«

Das Paar vollzog den Geschlechtsverkehr wie Teenies, die gerade die Sexualität für sich entdecken.

Mehrfach schlugen sie mit den Köpfen gegen die Wände der räumlich beengten Kapsel.

Die motorischen Störungen nach der langen Reise führten zu Bewegungen, die den Intimverkehr in die Länge zogen.

Dennoch genossen sie jede Berührung, als hätten sie noch nie körperlich geliebt.

Lucky sah dem Treiben zu.

Er heulte jedes Mal wie ein Wolf auf, wenn das Paar die Höhepunkte erreichte.

Am Mittag richtete Linda sich auf, nahm den Rüden auf den Arm und legte ihn neben den Amerikaner, der sich nicht dagegen wehrte, dass der Hund das Gesicht ableckte.

Sie warf sich auf ihren Liebsten, der vor Freude aufschrie.

»Hast du vor mir sehr viele Frauen gevögelt?«

»Ich…? Ne,…ja doch!«

Linda entnahm dem Gestammel die exakte Anzahl der von ihm begatteten Damen.

»Ich habe mehrere Leben gelebt, aber in keinem das gefunden, wonach ich suche. Jetzt bin ich mir sicher, mit dir gemeinsam den Weg ins Glück zu beschreiten«, sagte die Blondine.

Die drei Himmelsstürmer schmiegten sich aneinander, genossen den Augenblick des Glücks in einem Universum voller Gefahren und Herausforderungen.

Sie vergaßen die Zeit, die Mühen und Ängste, die ihr Leben seit jenem verhängnisvollen Tag, an dem die Erde untergegangen war, bestimmt hatte.

»Wagen wir das Abenteuer, auf Andromeda ein neues Leben zu beginnen?«, fragte Lennard.

Er schaute ihr tief in die Augen, direkt ins Herz hinein.

Anstatt einer Antwort zog die Designerin ihn hoch. Mit den Fingern fuhr sie durch sein fettiges Haar.

Liebe besiegt alle Ängste.

Mit einem Lächeln gab sie den Code zur Öffnung der Ausgangstür ein.

Es knarzte, das Paar nahm sich in den Arm und trat einen Schritt vor.

Das Schicksal schien ihnen gewogen - dicke Luft liebkoste ihre Wangen, füllte die Lungen mit Glückseligkeit.

Bellend sprang Lucky auf den Boden.

»Sauerstoff! Wir sind frei, endlich frei!«, rief der Rotschopf.

Wie ein Walross robbte er aus dem Raumgleiter.

Das Klima mit den milden Temperaturen und dem beständigen Wind ähnelte den Verhältnissen auf den ehemaligen „Inseln des ewigen Frühlings" im Atlantik.

Die Sonne, deren Radius den des physikalisch vergleichbaren Gestirns der Milchstraße um das Dreifache übertraf, wanderte in den Zenit.

Sie strahlte rosa, tauchte die Landschaft in warme Pastelltöne.

Lennard streckte seiner Angebeteten die Hände entgegen.

Er verhalf ihr dazu, einen Fuß auf den Planeten zu setzen.

Sie kniete sich nieder, küsste den Boden, nahm Sand in ihre Hand.

Ganz langsam rieselte er durch die Finger.

Die Prüfung bewies, dass sie wirklich in der neuen Welt angekommen war.

In der Hochstimmung bemerkten die Turteltauben nicht, was im Innern des Raumschiffs geschah, es Morti gelungen war, einen Klon zu reproduzieren und ihn mithilfe des 3-D-Druckers ins Leben zu rufen.

Nachdem die Erdlinge ausgestiegen waren, schaltete er sich selbstständig ein.

Er gab die Geo-Koordinaten des Landeplatzes umgehend an den Comandanten weiter.

Voller Vorfreude auf das neue Leben spazierte das Liebespaar mit dem Hund an der Abbruchkante zur Ebene entlang und genoss die Aussicht auf eine Welt, die die Erde an Schönheit übertraf.

Jeder Schritt verriet ihre Erregung, führte sie ein Stück näher an ihren Traum heran.

Linda trocknete eine Freudenträne, die durch ihr Gesicht lief.

»Bis die Andromedagalaxie mit der Milchstraße kollidiert, dauert es noch mindestens vier Milliarden Jahre.«

»Klugscheißer!«

Ein Schlaraffenland legte ihnen die Erhabenheit der Natur zu Füßen.

Kniehohes Gras wiegte sich in der Ebene im Wind und erweckte den Eindruck sanfter Dünung.

An der dünnen Linie, wo Land und Himmel miteinander verschmolzen, glitzerte ein Fluss in der Mittagssonne.

Verführerische Düfte strömten ihnen entgegen.

200 Meter unter der Abbruchkante breitete sich hinter dem Grasland ein Wald aus, der die hügelige Landschaft vor der Austrocknung schützte.

Das Echo des Vogelgezwitschers sowie das Bellen hallten von den Bergen wider, es gab andere Wesen, darunter auch zahlreiche Vierbeiner, die sich auf Zuwachs freuten.

Auf der Spitze des höchsten Baumes hockte ein bunter Vogel, eine Art Papagei, der die Neuankömmlinge mit hochgestellten Kopffedern musterte.

Er wiegte den Körper im Wind, neigte sein Haupt um 90 Grad, sang fast so schön wie Tenzin.

In diesem Moment wünschte sich Linda, im neuen Leben so zu sein wie der Vogel, frei und naturverbunden, aber auch Stolz und unbesiegbar zugleich. Sie würde nie wieder Angst in dunklen Räumen oder engen Tunnel verspüren.

Nach Minuten der Besinnung wandte sie sich ab, um ins Tal herabzusteigen.

Der Rotschopf verlangsamte den Schritt und hielt sie am Oberarm fest.

»Was ist los? Ich bin froh, wenn ich den Raumgleiter mit dem grässlichen Morti endlich aus den Augen verliere.«

»Es geht nicht um das Monstrum. Siehst du nicht den Baum vor der Stelle, wo wir gelandet sind? Da schimmert etwas Grünliches.«

»Klar! Das ist nicht zu übersehen. Es ist eine Frucht. Lass sie bitte hängen! Im Tal gibt es genügend Bäume oder Pflanzen, die uns Nahrung bieten.«

»Nur für einen Moment! Wie du weißt, liebe ich es, allen Dingen auf den Grund zu gehen.«

»Du bist ein unverbesserlicher Sturkopf.«

Das Liebespaar benötigte zehn Minuten, um die 250 Meter lange Distanz bis zum Baum zurückzulegen. Lucky zerrte am Hosenbein des Amerikaners, man merkte dem Tier an, dass ihm irgendetwas missfiel.

Kurz vor dem Ziel querte eine Schlange, knatsch grün wie ein Pfeilgiftfrosch, den Weg.

Außer den Hund nahm niemand von dem Reptil Notiz.

Der Baum wurzelte einsam auf der ansonsten unbewachsenen Hochfläche.

Mit vertrockneten Blättern und knorrigen Ästen wirkte er wie ein Relikt aus einer anderen Zeit.

Einen Moment lang gewann Linda den Eindruck, als ob sich die Silhouette des Finsterlings in dem Geäst spiegelte, aber dann verblasste die Erscheinung und sie nahm nur noch das Rauschen der Blätter wahr.

»Es ist ein Apfelbaum!«, rief Lennard voller Euphorie.

»Sieh nur, dort hängt eine dicke grüne Frucht. Sie ist

reif und wird unseren Hunger nach der Sternenreise stillen.«

Lennard steuerte auf den Baum zu, stand kurz davor, die Frucht zu ernten.

»Stopp, keinen Millimeter weiter! Du rührst weder den Stamm noch die Frucht an. Der Baum trägt nur diesen einen Apfel. Es wäre ein Frevel, ihn der Natur zu rauben.«

Der Rüde knurrte, scharrte mit den Füßen im Sand, die pechschwarzen Augen funkelten.

Zum ersten Mal, seit der Hund von Alexandra aus dem Kloster befreit worden war, verhielt er sich aggressiv.

Linda versuchte, ihn zu beruhigen, doch das Tier umkreiste den Stamm und bellte den Apfel an.

»Siehst du! Der Baum trägt die Frucht der Versuchung«, sagte Linda.

Der Hund winselte.

Er humpelte zurück zur Abbruchkante.

Dort lief er im Kreis, wartete voller Ungeduld die Ankunft des Liebespaars ab.

»Unsinn!«, zischte der Rotschopf. »Es ist doch nur ein Apfel.«

Linda ergriff die Hand ihres Liebsten, zog ihn weg von dem Baum mit der Frucht, die er sosehr begehrte. Unter Gewaltanwendung schob sie ihn voran, um endlich ins Tal zu gelangen.

Er sprach kein einziges Wort, drehte sich mehrfach um.

War es Morti oder seinem Klon gelungen, die Kontrolle über den Amerikaner zurückzuerlangen?

Lucky beruhigte sich, nahm Witterung auf und lief vorweg.

Er humpelte stärker als sonst, doch die feine Nase täuschte ihn auch diesmal nicht.

Nach zwei Stunden führte er die Turteltauben zu dem Fluss, der sich mäandrierend durch das Tal zog.

Sie wanderten weiter, zu einem Wasserfall, dessen klares reines Wasser die Lebensgeister der Sternenreisenden weckten.

Das Rauschen der Wasserfontänen erinnerte sie daran, wie schön es auf der Erde gewesen war, damals, als es noch Wälder, Täler oder Bäche gab, die sich durch fruchtbare Landschaften schlängelten.

An beiden Rändern des Tals breiteten sich Palmenwälder aus.

Auf der Mittelterrasse reifte Gemüse heran - rote, gelbe, grüne Nutzpflanzen, die denen auf der Erde ähnelten.

Trotz des überwältigenden Nahrungsangebotes nahm Lennard sich vor, so bald wie möglich zu dem Apfelbaum zurückzukehren.

Er hatte schon zu lange auf sein Lieblingsobst verzichtet.

Der Comandante beobachtete das Liebespaar aus der Ferne.

Mit einem Grinsen im Gesicht nahm der Finsterling Kontakt mit dem Klon auf und bereitete sich auf die Sternenreise nach Andromeda vor.

Jedem Neubeginn wohnt der Keim der Vergänglichkeit inne.

Es stimmt mich froh, dass sich die Menschheit, oder das, was davon übrig geblieben ist, sich den Luxus herausnimmt, Fehler der Vergangenheit zu ignorieren.

Anhang: Andromeda-Galaxie

Die Andromeda-Galaxie (die astronomische Bezeichnung lautet M 31 oder NGC 224) ist das am weitesten von uns entfernte mit bloßem Auge sichtbare Objekt.

Sie gehört zusammen mit der Milchstraße und einigen Zwerggalaxien zur sog. Lokalen Gruppe. Zu ihr werden Objekte in der unmittelbaren Nachbarschaft der Milchstraße im Umkreis von fünf bis sieben Millionen Lichtjahren gezählt.

Die Andromeda-Galaxie gehört zur Gruppe der Spiralgalaxien und ist mit ihrem Durchmesser von ca. 200.000 Lichtjahren doppelt so groß wie die Milchstraße.

Die Besonderheit dieser Galaxie ist es, dass sie im Spektrum blauverschoben ist, da sie sich mit 266 km/s auf uns zubewegt. Da sie aber 2.500.000 Lichtjahre von uns entfernt ist, wird es wohl noch vier bis zehn Milliarden Jahre dauern, bis die Andromeda-Galaxie mit unserer Milchstraße kollidieren könnte.

(Max-Planck-Institut für Radioastronomie)